Nobelina

Cibele Laurentino

Nobelina

Copyright © 2025 Cibele Laurentino

Nobelina © Editora Reformatório

Editor:
Marcelo Nocelli

Revisão:
Marcelo Nocelli
Natália Souza

Imagem de capa e ilustrações internas:
Alberto Dias

Design, editoração eletrônica e capa:
Karina Tenório

Dados Internacionais de Catalogação na Publicação (CIP)
Bibliotecária Juliana Farias Motta CRB7/5880

Laurentino, Cibele
      Nobelina / Cibele Laurentino. – 2.ed. – São Paulo:
Reformatório, 2025.
234 p.: 14x21 cm.

ISBN: 978-65-986974-1-9

1. Romance brasileiro. I. Título.
L383n   CDD B869.3

Índice para catálogo sistemático:
1. Romance brasileiro

Todos os direitos desta edição reservados à:

EDITORA NOCELLI LTDA
www.reformatorio.com.br

Sumário

Prefácio – Vozes de mulheres em Nobelina, 7

Seu Narciso e dona Guilhermina, 17

Vizinhos, 20

Dona Guilhermina, 23

Nobelina, 26

Mês dos amores, 30

Joquinha, 38

Professora Marlene, 65

Lula, 68

Zeca, 78

Casa de farinha, 84

A cantoria, 89

Final de ano, 94

O pedido, 101

Campina Grande, 113

A casa nova, 122

O casamento, 125

Rotina, 130

Confusão na roça, 141

O início das aulas, 153

Ano novo, vida nova, 175

A vida fora, 185

A cidade, 193

A festinha, 204

A festança, 214

Poema original que deu origem ao romance
– Eu, a cama e Nobelina, 227

Prefácio

Vozes de mulheres em Nobelina

O convite à leitura e prefácio de Nobelina é um presente que me honra profundamente, sobretudo no que tange à confiança e sensibilidade da autora, ao deixar-me guiar o público-leitor na descoberta dessa joia que é, ao mesmo tempo, uma obra catarse do eu lírico, que se distancia do seu objeto amado, seu alter ego, no sentido de apaziguar as dores, as saudades, os "não ditos", enfim, celebrar a vida, a arte, e ressignificar-se, em um processo de reconciliação consigo e com o outro. Mas também, um diálogo, interação intertextual com a obra poética paterna, berço do aprendizado, do encantamento e da empatia artística e intelectual de Cibele Laurentino, herdeira do grande poeta Zé Laurentino. Lendo a obra da autora não há como não dialogar entre *Eu, a cama e Nobelina*, delicioso poema homônimo, um clássico do poeta Laurentino e a narrativa redesenhada e reinventada, de modo singelo, por Cibele, cuja protagonista Nobelina é a força motriz de ambas as obras.

Poesia e prosa entrelaçam-se, criando um diálogo cativante, rimado ao som das sextilhas populares, revisitando as tradições das culturas de expressões populares no interior da Paraíba, berço da literatura de cordel, do fole de oito baixos, de cantadores repentistas, glosadores, evocando as riquezas culturais do povo nordestino, em sua autenticidade, riqueza linguística, exuberância, criatividade, religiosidade e devoção às festividades das tradições locais — novenários, padroeiras, cantorias de alpendres etc. —, tão importantes para a coesão comunitária da população do interior carente, de pouco acesso aos meios de comunicação da época. Através de Seu Narciso, entrevemos a importância transformadora do rádio na vida do povo do interior, unindo e aproximando a população da cidade ao mundo rural — e vice-versa.

As memórias da autora, leitora-ouvinte privilegiada dos programas de rádio, alguns, comandados pelo próprio poeta Zé Laurentino, conduz-nos aos labirintos dos programas radiofônicos, Retalhos do Sertão e Contos que a Noite Conta, Evandro Barros, que animaram e ressignificaram a vida e o cotidiano da gente simples do interior, transportando em ondas sonoras — mais do que notícias e ficções —, esperança, sonhos, sempre acariciados pelo vozerio potente e elegante de seus locutores, poetas e radialistas.

A obra de Cibele Laurentino traz igualmente esse pano de fundo de reflexão voltado à realidade rural, deserdada do acesso à escola, à alfabetização, como bem e direito de consumo para todos, mas ainda bem restrito e elitista na época, como se observa na descrição dos programas e projetos de alfabetização — MOBRAL etc. —, promovidos, país afora, pelo governo federal da época, na tentativa de erradicação do analfabetismo, sobretudo no Nordeste, porém frustrado com as mudanças políticas nas décadas de 1950 até 1960.

Ao ler Nobelina, percebe-se o quanto a Arte é capaz de ressignificar tudo à sua volta, dando os acordes e ajustes essenciais ao desabrochar de uma nova consciência. A consciência de valores, de identidades, de pertencimento, da importância da educação, do saber fazer, dos conhecimentos que, inevitavelmente, determinam as escolhas de uma vida, nossas paixões e posições, fazendo-nos submergir dos pântanos nos quais nos encontramos, quer consciente ou inconscientemente. De certa forma, a protagonista traduz a consciência da mulher, mas, igualmente, dos sujeitos oprimidos na narrativa. Na trama, Nobelina é apresentada como a negra, "uma perdição de mulher", com um "corpo roliço, capaz de seduzir qualquer macho";

linda, sedutora, um verdadeiro objeto de cobiça para os homens da região. Eis o ideal de mulher ancorado em uma sociedade neocolonial, machista, patriarcal, preconceituosa, desigual, que, no entanto, a autora descontrói ao longo do enredo, de modo ousado e determinante.

Nobelina é o apelo gritante de uma consciência feminina, da nova geração de mulheres, como a protagonista, que possui esperança por respeito, igualdade de direitos, tendo acesso ao saber, aos conhecimentos vindos através da educação, do enveredar pela arte e cultura, únicos pilares capazes de transformação dos indivíduos e da mulher inserida no contexto da sociedade paraibana, na qual Nobelina evolui. A consciência da personagem revela como a ignorância se torna presa fácil de manipulação nas mãos dos algozes locais — quer no seio familiar, quer na sociedade em geral —, ávidos pelo poder, pela manutenção da ignorância, e pelo silenciar dos sujeitos, reduzindo-os a meros objetos alheios às mudanças e transformações dos novos tempos.

Da aldeia do Sítio Piaca, onde cresceu Nobelina, acompanhamos a narrativa de uma adolescente, cuja ambição é ser professora. E, consequentemente, dona de seu destino, empoderada e livre. O conflito que guiará toda a história de vida da família de seu Narciso e dona Guilhermina, junto aos seus dois filhos, Nobelina e Chico, é um espelho das tessituras existenciais de muitas mulheres e homens do interior, ou mesmo da cidade. Cibele Laurentino desenvolve a saga de Nobelina, decidida a livrar-se do jugo do pai ou de um casamento imposto com um pretenso marido, rompendo assim a sina de muitas moças do interior.

Nobelina sente, desde cedo, o peso de ter nascido mulher. As famílias, durante toda a história da humanidade, almejaram herdeiros e primogênitos varões, seguindo a linhagem dos patriarcas, no tocante à lida e aos bens familiares. Apesar dos sentimentos que afligem o coração da protagonista, percebe-se uma lenta e progressiva evolução face ao enfrentamento dos desafios impostos pelo "destino" a ela reservado, o qual ela reinventa com resiliência, perseverança, humildade e força de caráter. Nobelina sabe que sem educação a opressão se instalará, fortalecendo os opressores e silenciando sua voz. Nesse embate de sentimentos, entre avanços e recuos, o leitor é convidado a seguir o fio condutor da trajetória de formação, às escondidas, de Nobelina, em busca do sonho de ser professora; as peripécias amorosas de um ser diferente, astuto, sujeito pensante e transformador.

Através do olhar de um narrador onisciente, das confidências íntimas de Nobelina e demais personagens, entrevemos as experiências e tramas familiares do povo do interior, suas reflexões acerca da vida, da beleza, do saber fazer poético das comunidades, descritas através das riquezas culturais do interior, na força e voz dos cantadores, poetas, sanfoneiros, tocadores de Fole de 8 baixos, dos radialistas; todos apresentados, como o poeta Zezinho, como sujeitos de cultura, agentes transformadores do cotidiano no interior do Nordeste. Vozes capazes de influenciar até os mais duros sujeitos, como o seu Narciso, pai de Nobelina.

A protagonista é a antítese da mulher omissa que, sem pudor, das representações que lhe emprestam à sociedade, sabe e usa do seu poder de sedução em busca de seus objetivos — sem cair nos estereótipos fáceis e caricaturais da mulher fatal —, desprovida de sentimentos e intelecto. É em seu silêncio e nos recuos conscientes que Nobelina avança e reage face ao cerceamento de suas escolhas e sonhos. A condição das mulheres vem transformando-se durante séculos. Apesar dos desafios, conquistas e embates, muitas vozes femininas ficaram no limbo do esquecimento, silenciadas pela violência masculina, clausura e/ou simplesmente resignação. Embora ame sua genitora, a protagonista afirma-se, como o oposto da mãe, transformando-a em farol; de modo a orientar seu caminhar e seus comportamentos de maneira contrária ao observado nas atitudes de sua mãe. Até mesmo a figura da professora, seu modelo de mudança, é ressignificado aos olhos de Nobelina, pela necessidade de rompimento face às amarras nas quais transitou: dos braços do pai para o leito marital, representando este último as reminiscências de um contexto de opressão sistêmica, misógina e patriarcal, tão enraizadas ainda na educação dos homens do interior da Paraíba.

Tanto em *Nobelina*, quanto em *Eu, a cama e Nobelina*, os autores desmontam o status quo da sociedade machista, patriarcal, moldada pelos preconceitos racistas, de gênero, sociais e econômicos. Há uma desconstrução saborosa e irreverente, com doses generosas de poesia. Temas universais são abordados, como a violência contra a mulher, a misoginia, homofobia, racismo, enfim, os estereótipos, as verdades absolutas; as incongruências dos discursos, reforçam a força que há na educação e no conhecimento para se alçar voos mais altos em busca da liberdade, dos sonhos, e também do amor. Resta-me dizer o quão cativante e poética é a história que vos lhes apresento. Um misto de linguagem interiorana, com seus sotaques, ritmos, sons, sabores, cheiros e tipos humanos, cuja simplicidade, bem longe do "simplório", enternece-nos e fascina, como leitores e partícipes da cultura nordestina, única, profundamente humana e da atualidade. Cibele Laurentino presenteou-nos com Nobelina. Sinto-me representada, como mulher, professora, ser pensante e sujeito de transformação. Ao descobrir a narrativa, ainda me assusto com a atualidade do texto, do que observamos no mundo dos homens, na crueza das relações de poder, dos pensamentos e comportamentos retrógrados, violentos e intransigentes. A imersão em Nobelina é uma agradável e entusiasta redescoberta desse mundo diferente do interior paraibano, uma gleba que me habita e encanta com a cultura de seus mestres, com seus saberes e fazeres, com a sua poesia cordelística, rica em genialidade, perspicácia e humor, em constante diálogo com a sociedade e suas mudanças. É neste mundo nordestino, onde transitam mulheres nobelianas: lindas, sofridas, humanas, guerreiras, fortes e plenas de suas lutas e conquistas. Nobelinas que decidiram romper as amarras cruéis de uma sociedade patriarcal, machista, desigual, preconceituosa e desleal. E, ao romper o silêncio e as algemas, as "nobelinas" transformaram dor em amor, desrespeito em respeito, crueza em fantasia, diversidade em riqueza, aprendizado e partilha. Assim, como em uma narrativa poética em cordel, Nobelina reescreve o seu final feliz, guiando-se pelo sonho, pelas suas intuições femininas, como escolheu viver, agir e estar no mundo.

Joseilda Diniz
(Prof.ª Drª. Pesquisadora, Consultora e Curadora
Museu de Arte Popular da Paraíba-MAPP
Universidade Estadual da Paraíba — UEPB/PROCULT).

VOU RESERVAR MINHA POESIA PARA TE CONTAR UMA HISTÓRIA. Uma história de amor. Um romance sobre uma moça bonita, cintura fina, quadris largos, olhos cor de mel, pernas grossas, rosto rosado em uma pele cor de jambo. Nobelina. Filha de seu Narciso e de dona Guilhermina. Menina garbosa, que, quando passava, mesmo na roça, lembrava a garota de Ipanema, fazendo pose na praça do Sítio Piaca, logo ali, bem próxima, na cidade de Puxinanã, Paraíba, Nordeste.

Seu Narciso e
dona Guilhermina

Um jovem casal de agricultores, assim como seus pais. Ela, de um lugarejo chamado Jenipapo; ele, nascido no Sítio Antas, da cidade de Puxinanã, Paraíba.

Casados há dezoito anos, tiveram dois filhos: Nobelina, que àquela altura contava dezessete, e Chico, um garoto de sete anos. A intenção do casal era ter uma família grande, tal como o costume nas redondezas. No entanto, isso jamais foi possível, pois dona Guilhermina tivera sequelas, devido à uma queda que sofrera, ali mesmo, em um barreiro, lavando as roupas de casa, durante a gravidez de Chico. Esse fato frustrou um pouco o casal, que levava uma vida simples, dedicados à família; sobrevivendo da venda de leite, criação de gado e de galinhas. Tudo muito resumido, porque as condições financeiras eram precárias. O que salvava a família era o tamanho das terras que possuíam: sessenta e cinco hectares, herança que dona Guilhermina recebera de uma tia, que falecera um pouco antes de seu casamento com o Narciso. Terras estas que, quando não conseguiam plantar, já que não dispunham de dinheiro para investir, arrendavam para alguns vizinhos.

Vizinhos

Do lado direito, havia um fazendeiro rico, o seu Antônio Sibiu, e sua esposa, dona Mechicler. Tinham doze filhos, dos quais dois eram doutores, e moravam no Rio de Janeiro, Dario, engenheiro elétrico, e Antônio, odontólogo. Fora os dois meninos formados, todo a prole eram as filhas que moravam nos arredores, trabalhando em família na fazenda dos pais.

Do lado esquerdo, viviam o seu José da Penha e dona Francisquinha. Um casal que, desde muito cedo, optaram por viver, de forma simples, naquele lugar, com seus três filhos: Joca, Zeca e Lula, o caçula. Joca, ou Joquinha, como fora a vida inteira chamado pelos pais, era o primogênito. Tendo sido eternamente motivo de orgulho, tanto por seu bom desempenho nos estudos de agronomia, quanto por seu exercício de profissão em uma grande empresa no Estado de São Paulo. Por outro lado, Zeca, o filho do meio, sempre foi deixado um pouco de lado. Sua afinidade maior era com a mãe. Já o pai, mantinha certa distância dele. Mas nem por isso o rapaz desistiu de tentar agradar de todas as formas possíveis, dedicando-se à agricultura. Lula, por sua vez, conhecido como o menino que nascera para estar no mato, possuía uma identificação com a roça muito admirada por seu progenitor, que o considerava um bom filho, seu bom companheiro. "O braço direito do pai", como se dizia.

Mais adiante, tinha o seu Manuel Romão e dona Severina; um humilde casal de agricultores, já idosos, que viviam sozinhos, apesar de seus quinze filhos, todos casados, e cada qual a cuidar de sua própria família. Nos finais de semana, no entanto, era certeza a casa dos velhinhos encontrar-se cheia. Filhos e netos, todos se reuniam.

Dona Guilhermina

Dona Guilhermina vivia cansada. O dia não era fácil. Acordava bem cedo, quando o Sol estava para nascer, catava os ovos no galinheiro, ordenhava as vacas no curral. Aroma de café quentinho no ar, enquanto seu Narciso chegava para comer sua merenda: café, cuscuz e coalhada. Juntos, contemplavam a manhã e o cheiro que trazia as matas. Faziam planos para o futuro: um puxadinho na varanda, um aumento no curral, aquela melhorada no galinheiro, a reza por um inverno tranquilo e uma colheita próspera no roçado. Quanto aos planos para a filha: um bom casamento, netinhos chegando, ao passo que o filho mais novo crescia para ajudar nos trabalhos da roça. Em meio a todos esses afazeres e sonhos, seu Narciso não esquecia de querer saber:

— Onde é que tá nossa filha?

— Oxe! Mais pronto... Foi pra escola, homem!

— Não vejo precisão disso, mulher.

— Precisão de quê? Lá vem tu com essas bestagens.

— Tu num tá sabendo educar essa menina. Ela tem é que aprender a cozinhar uma boa galinhada gorda com cuscuz, encontrar um bom partido que cuide dela. É disso que uma mulher precisa.

Ergueu-se irritado, subindo o cós da calça frouxa; colocou o chapéu de saída e ainda continuou:

— O filho do seu Antônio Sibiu tá pra chegar do Rio de Janeiro.

Guilhermina calou-se. Em sinal de respeito, o rosto tornava-se vermelho, mas não falava nada. O pequeno Chico, que do lado de fora brincava, já se aproximava pedindo um prato de papa, e a mulher direcionava-se à cozinha. Acalmava o menino, enquanto dava continuidade ao seu dia de afazeres. As rezas eram constantes, pedia à Nossa Senhora do Carmo, a quem era devota, a calma do marido. Além de longas e constantes súplicas de intercessão para que a filha em nenhum momento abandonasse o respeito para com o pai. Pois dona Guilhermina sabia que quando se enfrentavam, podia ver a hora de um desastre acontecer.

Nobelina

Menina que crescera nas redondezas, rebolando e encantando os olhos de toda a nobreza. Nobelina, com seu sonho de um dia ser professora, determinada, vivia um dilema de valores com sua família. Era de certa forma impedida de ir à escola. O seu pai, seu Narciso, sempre achou desnecessário o estudo, pois mulher não precisa trabalhar, apenas aprender os dotes domésticos: passar, lavar, cozinhar; cuidar da casa, do esposo, bordar, fazer crochê e ajudar o marido na agricultura familiar.

Em seu caminhar para casa, um pouco mais de quatro quilômetros, entre cajueiros e mangueiras, ela cantarolava despreocupada, degustando as frutas maduras caídas do pé. Aproveitava o momento, sentava-se à sombra das fruteiras e de sua bolsa tirava: linha, agulha, tesoura. Desfazia as barras de sua saia comprida, abaixo dos joelhos, e a subia um palmo para cima, exibindo assim o par de pernas torneadas, que tanto lhe envaidecia.

Na volta, da mesma maneira, era certa a parada. Acomodava-se novamente para desfazer as barras da saia, cumprindo dessa forma as ordens do pai, que tanto se preocupava que a filha estivesse sempre composta e bem-vestida. Era a forma que encontrava para impor respeito, seriedade.

Esse momento já era parte de sua rotina; fazer e desfazer as barras de sua saia de pinças cáqui, fardamento do grupo escolar municipal em que estudava.

Chegava à casa simples, construída em massapê, com acabamento perfeito, capricho de seu Narciso para o conforto da família. O terreiro, sempre cuidado, onde dona Guilhermina, com uma vassoura de mato, deixava tudo bem limpo. Mal uma folha caía e ela corria lá para catar tudo, passando assim, a vassoura outra vez.

Todos os dias era certo que Nobelina encontraria, além da mãe com um sorriso nos lábios, repousando sobre o batente do alpendre da casa amarela, também o cheirinho no ar do almoço gostoso; feijão verde do roçado, galinhada fresquinha, farofa e uma boa salada, pois a horta estava sempre colorida a esperar pela colheita. Seu Narciso, sem atraso, logo chegava, e a família feliz fartava-se em um momento especial.

No entanto, Nobelina, mesmo sem muito querer, após a refeição, já tomava a iniciativa de ajudar a mãe nas tarefas domésticas, porque seu Narciso fazia questão de que aprendesse a ser uma boa dona de casa. Enquanto limpava e lavava as panelas de barro, imaginava e arquitetava planos para o dia em que trocaria todos os afazeres por livros, papéis, canetas, sala de aula, alunos, leituras e bastante aprendizado.

E, mesmo com tantos sacrifícios, a enfrentar todas aquelas dificuldades, já estava próxima à conclusão de seus estudos, oferecidos pelo ensino do grupo escolar do município.

Assim os dias se passavam. Uns de alegria, outros de solidão e tristezas, principalmente quando seu pai a pegava no caminho tirando a bainha da saia. Trazia-lhe aos choramingos para casa, após dar-lhe umas boas lapadas. De tanto soluçar, Nobelina adormecia e sonhava com o momento em que se veria livre da vida que tanto a angustiava.

Dona Guilhermina, por sua vez, penava ao ver tanto sofrimento estampado nos olhinhos da sua filha querida. Ela, que com toda a sua ignorância nunca encostara um dedo para bater na menina, tinha o coração ferido ao ver o marido castigá-la. No entanto, nada podia fazer para impedi-lo.

Mês dos amores

Um tempo depois...

O mês de junho dera uma boa colheita, pois, nesse ano, a chuva fora forte. Como era 23 de junho, véspera de São João, era certo haver uma bela fogueira, além de todos nos terreiros, cultuando-a ao assar seus milhos, queijo coalho e batata doce; comendo pamonha, cuscuz, xerém e carne assada. Toda a família reunida, vizinhos, amigos, tocadores... A festa pronta, com quadrilha, mexe-mexe e o sanfoneiro a puxar o fole do instrumento de oito baixos. Todo mundo se alegrava, até mesmo com o quentão, uma bebida composta de cachaça, gengibre e cravo da índia, causando tremenda animação.

Nobelina dançava quadrilha, forró, xaxado e baião. O seu rebolado era uma beleza que muito chamava a atenção dos moços Joaquim, Zé de Cazuza e Serafim, porém, ela não se interessava por nenhum dos rapazes, apenas se entretinha com aquilo e achava graça do cobiçar da rapaziada. Seu Narciso, por sua vez, perturbava-se. Preocupado, tomava sempre mais um gole de cachaça e, como dizia sua esposa, já estava ficando meio troviscado.

Na verdade, Nobelina não queria ter a vida de dona Guilhermina. Queria uma profissão; terminar os estudos e encontrar um rapaz que, de preferência, não fosse da região, que também estudasse, sonhasse, fizesse planos de construir uma vida melhor.

No dia seguinte à festa junina, seu Narciso amanhecera de ressaca, refletindo sobre as cenas da noite anterior. Fechava os olhos e só via a filha a dançar e a rapaziada a cobiçá-la. Bastou o galo cantar, e o seu Narciso levantou-se, já determinando as ordens:

— A partir de hoje, Guilhermina, Nobelina não vai mais pra escola.

E bateu o pé com força, estremecendo o chão. De sua parte, dona Guilhermina baixou o olhar e indagou:

— Mas, homem, num faça uma desgraça dessa, não.

— Eu já disse e tá dito! — Num quero criar filha solteirona, não! Filha minha tem que casar e aprender a cozinhar.

De seu quarto, encolhida em sua rede, Nobelina chorava à meia-luz do candeeiro, e o seu soluçar estendeu-se até o entardecer. Ouvir aquela afirmação do pai doera; sentiu seus sonhos perderem-se por um instante.

O irmão, Chico, pedia atenção. Dona Guilhermina gritava e cantarolava, varrendo, enquanto a fava cheirosa cozia, as galinhas cantavam, o gado mugia e Nobelina não reagia.

No outro dia, muito cedo, acordou, fez seus afazeres de casa, varreu o terreiro, ajudou a mãe em tudo o que precisava, quieta, sem dizer nada.

— Filha, não fica assim. Nós temos que ser obedientes aos homens. Eles sempre estão certos. Teu pai sabe o que tá dizendo, filha. Ele sabe o que é melhor pra tu.

— Oxe, mãe! Não quero ter a tua vida, não. Quero estudar, ser professora, ganhar meu dinheiro. Ser independente.

Saiu chorando, murmurando pela roça a pensar em uma forma de mudar a ideia do pai.

— Não tem jeito. Vou estudar escondida do pai. Não posso desistir do meu sonho, senão vou morrer.

Nobelina andou entre o roçado com o vestido de chita, cabelos longos voando. Pensou, pensou... E seguiu ao encontro da mãe.

— Mãe, já decidi! Vou continuar meus estudos. Vou estudar escondido do pai.

— Filha, e se teu pai descobrir?

— Não vai, não, mãe. A senhora não vai contar, vai?

— Sei não se isso vai dar certo, menina. Tem que fazer tudo muito direitinho. Quando seu pai saí pro roçado, saia depois dele, e volte antes dele chegar todo dia.

Pelo amor de Jesus, num se atrase, não. Nem se empaie pelo caminho. Venha simbora direto pra casa.

Dona Guilhermina estava assustada pela desobediência ao marido, mas, por outro lado, não poderia deixar de ajudar a filha com algo tão bom, que ela tanto desejava. No fundo, não conseguia ver o que haveria de mau em estudar.

Assim aconteceu. Dia após dia, assim que o seu Narciso saía para o roçado, Nobelina pulava da rede feliz e seguia para o grupo escolar municipal.

Guilhermina ficava com seu filho Chico, que brincava no terreiro. Entretanto, durante os afazeres da casa, não mais cantarolava feliz, pois sempre preocupada, rezava a ave-maria até as onze da manhã; quando então Nobelina chegava. Alegre, escondia os cadernos e ia para a cozinha ajudar a mãe.

Assim foi por muito tempo.

Narciso, por seu turno, chegava mal-humorado.

— Cadê o almoço, mulher?

— Tá na mesa, homem.

— Chico já comeu a papa dele? Um moleque desse tamanho já tá na hora de comer é um prato de feijão com farinha e aprender a ser macho. Cadê Nobelina?

— Tô aqui, pai.

— Vamos almoçar.

— Tô sem fome.

— Senta aqui perto do pai.

— Ô, pai!

— Filha, hoje encontrei com seu Antônio Sibiu, e ele contou pra eu que o seu filho, o Dario, tá pra chegar do Rio de Janeiro, num tem data certa, mas tá pra chegar; e faz muito gosto que tu seja amiga dele, num sabe?

— Sim, pai. Já entendi.

O menino Chico, como toda criança, aproximou-se da conversa e falou entre brincadeiras:

— O pai quer que tu namore com ele.

— Sai pra lá, moleque! Em conversa de adulto criança não se mete. Vá pra lá! A conversa num chegou no terreiro, não. Vá simbora vadiar.

Seu Narciso sorriu, limpou a boca com uma toalha e foi descansar na varanda, onde uma rede vermelha estava armada. Com um rádio a pilhas ao lado, escutava notícias locais, aboios de vaqueiros, cantadores de viola e tudo o mais que lhe alegrava. E não demorava para logo adormecer. Ao passo que roncava, Nobelina estudava, lia livros, fazia suas tarefas, escrevia. Enquanto isso, dona Guilhermina continuava com as atividades de casa. Quando seu Narciso acordou, foi logo a reclamar de uma dor nas costas, havia pegado um peso de forma errada pela manhã, contudo foi trabalhar mesmo assim; era um homem forte, de muita saúde e disposição.

À tardinha, no entanto, chegou em casa contando:

— Mulher, hoje precisei chamar o filho mais velho de seu Zé da Penha, o Joquinha, que tava desocupado andando lá pelo roçado, pra me ajudar na roça, num aguentei fazer serão hoje, não. E tu sabe que eu não sou de bater pino não, num sabe?

— Virgem Maria! E foi, homem? Graças a Jesus que ele ajudou tu, criatura. Mas num se avexe, não. Já tá perto de o Chico começar a ajudar a gente.

— É verdade. Vou me deitar, mulher.

— Vou já fazer um chá de Quixabeira, pra tu ficar bom logo.

— Se avexe, não. Daqui a pouco fico melhor.

Nobelina assustou-se, porque nunca vira o pai se deitar tão cedo.

— Mãe, cadê o pai?

— Já se deitou, filha. Tá com dor nas costelas, nos quarto, sei lá!

— E o roçado, mãe?

— Ele chamou o filho de Zé da Penha pra ajudar na roça.

— Quem é ele, mãe?

— É o Joquinha, menina.

— Não conheço.

— Ele não vivia aí não. É aquele que seu pai falou que ia chegar da cidade. É um bem engraçado. Foi criado em outras banda, na casa da vó, dona Quinoca.

— Ah, sim. Vou dormir, mãe. Amanhã temos um ditado oral na aula de português.

— Que danado é isso?

— A professora fala em voz alta e a gente copia.

— Vá dormir mesmo. Num invente de lê essas horas, não. Acaba o gás do candeeiro todinho, e tu ainda fica doente das vistas.

— Tá certo, mãe. Eu vou dormir mesmo.

Dona Guilhermina preparava o angu para o filho Chico, que em breve adormeceria, depois sentava-se no batente da cozinha, onde recebia a brisa fria, e, entre as pernas, colocava uma bacia de vargens de feijão. Começava então a debulhar. Mais tarde, espalhava tudo sobre a mesa, catava a sujeira de grão em grão para, em seguida, deixar de molho até o outro dia, onde, bem cedo, colocaria no fogo de lenha. Dona Guilhermina era sempre a última a se recolher, mas a primeira a acordar, todos os dias.

No fim de uma manhã qualquer, Nobelina voltava da escola e tudo parecia normal em sua rotina, quando, ao parar sob a sombra da mangueira para fazer, como de costume, o barrado da saia, sentiu que alguém lhe observava, escondido entre as árvores.

— Tem alguém aí? É tu, pai? Pelo amor de Deus!

Joquinha

Para sua enorme surpresa, apareceu à sua frente um jovem moreno, alto, que usava calças jeans e uma camisa branca suja de terra, botas e chapéu preto; ele sorria com aquela cena.

— Olá, garota.

— Quem é tu? Por que tá sorrindo? — Nobelina perguntou, nervosa e aborrecida, já arrumando os pertences na bolsa estufada.

— Calma. Qual é a tua graça?

— Nobelina, filha de seu Narciso e dona Guilhermina.

— Não me diga. Você é muito bonita, senhorita! — falou o jovem, fitando os olhos em Nobelina com um sorriso que não se desfazia.

— E tu? Quem é?

— Sim, desculpe. Sou o Joquinha, filho de Zé da Penha. Tô dando uma força na lida do teu pai aqui no sítio.

— Pelo amor de Deus, eu te peço, não conta pro meu pai que me encontrou aqui desse jeito. Eu imploro!

Os olhos de Nobelina lacrimejavam enquanto pedia por segredo.

— Calma, moça bonita. O que eu não devo contar? Não tô entendendo.

— Desculpe. É que meu pai não quer que eu estude. Eu quero ser professora, quero viajar, falar bem, conversar, conhecer gente, ensinar, e ele quer que eu seja apenas uma dona de casa, mãe de uma penca de filhos e fique dependendo do marido pelo resto da vida. Ele acha que mulher só serve pra isso! Se tu contar, ele não vai mais me deixar sair de casa e, além de me bater, ainda vai brigar feio com a minha mãe...

— Calma, Nobelina. Prometo que esse será nosso segredo.

— Bom, vou correr pra casa. Meu pai não pode nos ver juntos. Ele não ia gostar nada, nada. Tchau!

Então saiu a correr, tentando chegar antes do pai. O jovem Joquinha ficou parado, ainda tonto com tamanha beleza e determinação. Seguiu em direção à roça, pensando, sorrindo sozinho, lembrando o momento passado, até que logo encontrou seu Narciso.

— Joquinha, cabra bom! Hoje tu almoça com a gente, na minha casa. Já mandei a mulher botar água no feijão. Já que tá trabalhando comigo, quero que tu conheça minha família, minha filha, a Nobelina.

— Que isso. Não quero dar trabalho pra vocês, não, senhor.

— Num é trabalho nenhum, não.

Chegando à casa, seu Narciso fez as apresentações; a mulher, Guilhermina, a filha Nobelina e o caçula Chico. Nobelina, nervosa, de cabeça baixa só disse um oi, tímido. Joquinha, por sua vez, retribuiu o cumprimento, muito sério. Dona Guilhermina servia o almoço satisfeita. Era tudo muito humilde ali, mas a mulher nunca deixava a desejar quanto ao capricho e seu delicioso tempero, que era o que o marido mais elogiava nela, alegrando-a demais.

Com o passar dos dias, Joquinha já havia se tornado o homem de confiança de seu Narciso e dona Guilhermina. Era tido como da família.

O rapaz, a cada dia, dedicava-se aos serviços do sítio. Cuidava da roça, do gado, dos cavalos e das galinhas, entretanto, seu maior interesse era mesmo em Nobelina que, quanto mais linda e faceira se tornava aos seus olhos, mais apaixonado ele ficava.

Joquinha a acompanhava-a todas as manhãs pelo caminho da escola e ria com seu fazer e desfazer da barra da saia. Ambos paravam debaixo das fruteiras, colhiam mangas vermelhas, brincavam e divertiam-se juntos.

Seu Narciso confiava em Joquinha, e já o tinha autorizado, caso viesse a se interessar pela filha, ele deixou claro que fazia muito gosto no namoro. Mas Joquinha tinha medo de declarar seu amor a Nobelina, medo de que ela não quisesse mais sua companhia. Era ela quem enchia seus olhos de alegria cada vez que passava, era ela a musa dos seus sonhos.

Certa vez, seu Narciso resolveu fazer um assustado em sua casa; uma festa bonita, com brincadeiras, pau de sebo, a fogueira que nunca faltava e, de arremate, a natureza colaborava com uma bela lua cheia. No terreiro, conversavam com os vizinhos, contavam causos, histórias, lendas, mentiras; tudo para achar graça e dar risada, até que o tempo passasse e chegasse a hora de dormir. A história que mais assombrava a criançada, era a da comadre Florzinha. Deixava muita gente sem dormir. Seu Narciso contava que, quando a tal comadre se zangava, batia nos cavalos e entrançava as caudas dos bichos. Entre muitas outras.

Nessa noite, Joquinha criou coragem e chamou Nobelina para conversar um pouco mais afastado, em particular. A moça não demonstrou muito interesse nisso, estava preocupada mesmo era com a prova de matemática que precisava fazer no outro dia, já que essa matéria era a que mais tinha dificuldades. Contudo, aceitou o convite e foram conversar.

— Joquinha. Tu tá com algum problema?

— Sim... Quer dizer, não... Eu quero dizer que eu tô é doido por tu, Nobelina. Tu quer ser minha namorada?

Nobelina, surpresa, arregalou os olhos, e aos risos, perguntou:

— Tu quer namorar comigo?

— Sim. Eu quero muito. É com tu que sonho todos os dias, desde que te conheci. Quero que um dia seja minha mulher.

— Mas tu sabe o meu segredo. Logo, logo vou ser professora; não sei cozinhar como a mãe, não quero uma penca de filhos, como o pai deseja, não quero cuidar de bichos e nem da roça...

— Sim. Eu sei de tudo isso, mas é assim mesmo que amo tu. Quero lhe fazer feliz. Quero apenas que seja minha mulher.

Nobelina ficou extasiada, sem acreditar no que ouvia, pois, desde pequena, escutava o pai dizer que nenhum homem se casaria com uma mulher que não se dedicasse apenas aos serviços do lar, filhos, roça e ao marido.

Nobelina sorriu.

— Sério mesmo?

— Sim. Sério mesmo.

— Se é assim, eu aceito.

Joquinha ficou louco de tanta alegria. Abraçou Nobelina, arriscou um beijo rápido.

— Então vamos falar logo com seu pai.

Sairam os dois de volta para onde ainda estavam todos reunidos.

— Seu Narciso, dona Guilhermina... Tenho uma coisa pra dizer: quero pedir o consentimento dos dois pra namorar vossa filha Nobelina, com todas as boas intenções.

Seu Narciso suspirou, subiu o cós da calça, fitou dona Guilhermina com olhar de aprovação.

— Joquinha, você sabe que já lhe tenho como um filho. E sabe também que é de muito gosto esse namoro. Mas quando é o casório?

— Calma, pai. A gente quer apenas se conhecer melhor.

— Nada disso, conhecer vocês já se conhecem, minha filha. Num quero homem querendo conhecer melhor minha filha, não senhora. Só namora se for pra casar, entenderam!?

Nesse instante, Joquinha pisou com cuidado no pé de Nobelina, sinalizando para que se calasse. Então declarou.

— Seu Narciso tá certo. Me expressei mal. Minha intenção é me casar com vossa filha o mais rápido possível. Mas preciso de um tempo para pensar em tudo.

Dona Guilhermina, feliz e assustada, escutava tudo calada, com uma pontinha de preocupação, mas logo o seu Narciso sorriu.

— Ah! Agora sim, a gente tá falando a mesma língua. Logo, logo, espero uma nova conversa sobre esse assunto. Assim será muito bom, vai ficar tudo em família. Gosto muito do seu trabalho aqui no sítio. É um homem bom, tem ajudado muito na roça. Faço muito gosto desse namoro.

— Sim. Vou combinar com a mãe e o pai pra vocês irem almoçar lá em casa esses dias, assim contamos a novidade pra eles também.

Nobelina fez um ar de riso desconfiado, porém continuou calada.

— Bem, agora preciso ir. Amanhã temos muito trabalho, né seu Narciso? Obrigado, até amanhã. — Despediu-se dos recém-sogros. Em seguida, virou-se para Nobelina, e beijou a sua mão.

— Até amanhã.

— Até!

Nobelina ajudou a mãe na limpeza, respondendo as interrogações, deixando-a mais tranquila. E logo se recolheu para a rede onde dormia. No entanto, naquela noite o sono não veio. Nobelina só pensava, pensava e pensava. Sentia medo. Algo lhe chamava a atenção. Aquele rapaz se comunicava de forma diferente dos demais que trabalhavam na agricultura da região. Ele falava português adequadamente e era sempre educado e muito gentil, sem falar na beleza que encantava qualquer mulher. Nobelina nunca fizera questionamentos a respeito, pois ainda não havia tantos interesses, sendo sua maior preocupação os estudos, nada havia chamado sua atenção. Agora, contudo, as dúvidas começavam a surgir.

Logo amanheceu, os galos cantaram e seu Narciso saiu para o roçado. O cheiro de café estava no ar. Nobelina pulou da rede e seguiu para à cozinha, onde dona Guilhermina já abanava o fogo com o feijão cheirando na panela de barro.

— Bom dia, mãezinha.

— Bom dia, filha.

— Que cara é essa, mãe?

— Tô preocupada, Nobelina. Sei quem é tu e tuas intenção, num sabe? Tu num conseguiu convencer eu não.

— Mãe, se preocupa não. Vai dar tudo certo. Vou conversar melhor com o Joquinha hoje quando sair da escola.

Beijou a mãe e o irmão mais novo, pegou sua bolsa e correu para o grupo escolar. Nessa manhã de aula, o aproveitamento foi pouco, porque só pensava em Joquinha. Nunca pensara tanto em um rapaz

No caminho de volta, debaixo da sombra da mangueira, onde desfazia o abainhado de sua saia, chegou Joquinha, sorridente.

— Olá, minha namorada.

— Olá — respondeu, sem graça.

— O que houve? Tá triste? Me fale.

— Não consegui dormir direito e nem prestar atenção nas aulas de hoje, pensando em tu.

— Que bom. Sinônimo de paixão, sabia? — falou com os dentes escancarados. Nobelina sorriu também, correspondendo à brincadeira, então ele perguntou:

— Mas me fale, o que houve?

— Já que agora sou sua namorada, preciso saber mais sobre tu. Não sei nada de você.

— Sim. O que quer saber?

— Onde tava esses anos que não viveu aqui? O que fazia? O que veio fazer aqui? Por que tá trabalhando pro meu pai? O que é que tu tá pretendendo?

— Calma, Nobelina!

Abraçou-a por um instante. Sentiu o coração dela acelerado. Então a olhou nos olhos e a beijou com paixão.

— Não vamos poder continuar esta conversa agora. Preciso ir. Meu pai está perto de chegar do roçado. Mas depois, com mais tempo, vai contar tudo sobre você. — Nobelina alegou, pouco antes de correr para casa.

Ao chegar, como de costume, almoçou com os pais, ajudou a mãe nos afazeres. Seu Narciso estava contente; tudo parecia muito bem. Assim se passou a tarde. Mas então, após estudar e ler um pouco, seu pai chegou da roça acompanhado de Joquinha.

— Filha! Mulher! Cadê vocês?

— Oi, pai. Estou aqui.

— Cadê tua mãe?

— Foi tirar umas lenhas pra fazer o fogo.

Segundos depois, dona Guilhermina foi chegando pela porta da cozinha, lenço amarrado na cabeça, avental na cintura e as lenhas embaixo do braço.

— Oi, meu véi.

— O namorado de nossa filha quer falar com a gente. Chegue cá!

Dona Guilhermina aproximou-se e Joquinha declarou:

— Quero convidar vocês pra jantar na casa do pai amanhã à noite. Quero que ele saiba do meu namoro com a filha de vocês, e das minhas intenções também.

— A gente vai, sim. Pode avisar o compadre que de noitinha a gente chega lá.

— Agora preciso ir, minha mãe tem reclamado muito da minha ausência na hora das refeições. — Dizendo isso, pôs um fim no assunto.

— Nobelina, leve o moço até a porteira.

— Até amanhã!

— Até!

Nobelina acompanhou Joaquim até o terreiro. A noite estava linda, uma bela lua apontava no céu, e o cheiro das rosas exalava pelo jardim.

— Preciso saber, Joquinha. Não posso adiar. Por favor, me responda.

— O que te preocupa tanto?

— Me diga, por onde tu andava esses anos todos em que esteve fora daqui?

— Nobelina, fui morar em São Paulo. Queria estudar Agronomia. Então, fui pra casa de uns tios, por parte da família de minha mãe, e acabei ficando por lá. Concluí meu curso e agora tenho um bom emprego em uma grande empresa que administra várias fazendas. Hoje em dia, tô bem estruturado e moro sozinho. Estou de férias. Vim agora pra casa dos meus pais pra vê-los, ficar um pouco na companhia deles. Já tinha anos que não aparecia aqui, e aproveitei pra fazer as coisas que mais gosto, que é mexer com a terra, cuidar do gado e respirar esse ar puro que a natureza nos dá. Então, por isso aceitei ajudar seu pai com as roças de vocês. Um trabalho que hoje em dia, pra mim, é um verdadeiro lazer. Me faz bem, porque agora, em minha rotina de trabalho não faço mais este trabalho com a terra, acabei mais engajado com a parte burocrática da empresa. Minhas férias acabarão daqui a vinte dias. E daí volto pra minha rotina de antes. Isso responde tuas dúvidas?

Nobelina ficou bastante surpresa com tudo o que ouvira. Seus olhos arregalaram-se.

— Mas como assim? E nós dois?

— Calma! Quero tu pra ser minha mulher, mesmo, de verdade. Tudo vai dar certo. Desde que te vi pela primeira vez senti que isso aqui seria pra sempre.

— Nobelinaaaa! Tá na hora de entrar, filha.

— Preciso ir agora. O pai tá chamando.

— Boa noite!

Nobelina beijou-o suavemente e entrou.

Na manhã seguinte, Nobelina perdeu a hora, acordou tarde, não foi para a aula e demorou a sair da cama. Dona Guilhermina, preocupada, foi até o quarto.

— Filha, o que tu tem? Tu não foi pra escola... Filha, tá ardendo de febre!

Nobelina levantou a cabeça, chorando.

— Mãe, não quero mais namorar o Joquinha. Eu só penso nele. Isso é muito ruim, não durmo mais, não consigo mais me concentrar nas aulas, mãe. Eu não quero mais. Nunca mais!

— Menina, esse moço é muito bom. Num faz isso, não. Teu pai vai ficar muito brabo.

— Eu não me importo, mãe. Não vou deixar que nada nem ninguém atrapalhe o meu sonho. Depois eu namoro outro rapaz, esse não. Esse eu não quero, mãe!

A mãe da moça, em sua simplicidade de pensamentos, ficou sem entender o que acontecia com a filha. Se estava apaixonada, isso seria um motivo para ficar junto do rapaz e não o contrário. Dona Guilhermina, preocupada com a visita marcada na casa dos pais de Joquinha, deixou a filha com suas lamentações e correu entre as plantações a procura do marido para lhe contar do ocorrido.

— Homem, num vai dar certo pra nós ir na casa do Joca hoje de noite, porque nossa filha tá se queimando de febre. Ainda num saiu da cama.

— Oxente! E o que foi? Nossa filha tem uma saúde de ferro!

— Não sei. Vou pra casa, num quero que fique só. Tô esperando tu pra nós jantar.

Joquinha, ouvindo de relance parte da conversa, aproximou-se:

— O que houve? Nobelina tá doente?

— Essas frescura de mulher. Deve de ser as regra dela, num sabe? Mas amanhã já tá boa. Vamos deixar essa ida a sua casa pra amanhã, quando ela melhorar.

— Tá certo, seu Narciso. Se precisar de algo, é só chamar.

O rapaz marchou para casa, preocupado e pensativo. Mas não tinha nada a fazer a não ser esperar. Ao chegar, encontrou os pais, seu Zé da Penha e dona Francisquinha, que já lhe esperavam na varanda.

— O que houve, filho?

— Que cara é essa?

— Nobelina tá doente. Não me recebeu e desmarcou o jantar aqui em casa. Estou achando estranho, mas vamos esperar.

— Vá se deitar! Amanhã vocês conversam melhor. Tudo vai dar certo.

— E se ela não me quiser mais, pai? O que eu faço? Estou apaixonado por essa mulher.

— Com tantas moças bonitas que tu já conheceu, filho... Como pode um rapaz como tu vir simpatizar logo com essa matutona que muito mal escreve o nome?

— Pai, não fala assim dela! Ela escreve é muito bem. Vai para escola. Sonha em ser professora. — Joca disse, chateado, e dirigiu-se para o quarto.

Minutos mais tarde, a mãe fez um chá quente e levou para ele.

— Filho, posso entrar?

— Pode, sim, minha mãe.

— Filho, trouxe um chá de camomila pra tu.

— Obrigada, mãe.

— Boa noite, querido.

— Boa noite.

Dona Francisquinha beijou a testa do filho, e saiu do quarto, pois o marido já lhe esperava para dormir.

Quando amanheceu, Joquinha saiu apressado, nem sequer chegou a encontrar os pais e os dois irmãos, Zeca e Lula, no café da manhã. Correu para o roçado, na certeza de que, por volta do horário da saída da escola, encontraria Nobelina. Mas não a encontrou. Ela não foi à escola. E Joquinha, ansioso, foi falar com seu Narciso.

— Meu sogro, como vai Nobelina? Melhorou?

— Ah, ela já tá boa sim. Saí de casa e já tava de pé. Depois você vai lá no cair da tarde prosear um bocadinho. Fique tranquilo. Vai dar tudo certo.

Nobelina passou o dia pensativa. Estava mais calma. Passou a tarde sentada em um banco, embaixo de uma jaqueira no terreiro de sua casa, viajava em uma bela leitura do livro de poesias do escritor Zé da Luz, enquanto o irmão corria atrás das galinhas ali por perto. Em voz alta, empolgava-se com o poema:

"... Se um dia nós se gostasse
Se um dia nós se queresse
Se nós dois se impariasse
Se juntinho nós dois vivesse
Se juntinho nós dois morasse
Se juntinho nós dois drumisse
Se juntinho nós dois morresse?..."

De repente, seu Narciso chegou da lida.

— Filha, que diabo tá fazendo aí parada? Tá falando sozinha agora? Mas num é uma marmota mermo? Tu já tá boa? Cadê tua mãe?

— Na cozinha, fazendo fogo pra janta. Ela quer cozinhar batata doce com galinha.

— Ela matou a Porcina?

— Sim, e quase me mata também. O senhor sabe que não suporto ver.

— Oxe! Deixe de frescura! A Porcina tava velha já, era hora de ir pro nosso bucho mesmo. Até que enfim tua mãe matou essa galinha.

— Pai, não vou me acostumar com isso nunca.

— Nem parece ser minha filha. Quero ver quando tu casar com o Joquinha. Ele é um moço bom e sem frescura, viu? Você vai ter que matar galinha, cozinhar pra ele.. Por falar nisso, ele tá vindo aí prosear com tu. Trate de trocar esse vestido que tá muito curto, num sabe!?

Seu Narciso tomou o banho de cacimba, Nobelina aprontou-se, e enquanto isso dona Guilhermina concluía o jantar. Algum tempo depois, quando todos já estavam comendo, Joquinha bateu palmas na porteira.

— Vai, filha! Se avexe. Vai receber o moço.

— Sim, pai, tô indo.

— Já comeu, filha? — perguntou dona Guilhermina.

— Sim, mãe. Não gosto de ver matar galinha, mas que estava uma delícia, estava.

Nobelina, nervosa, dirigiu-se à porteira, sempre acompanhada pelos fiéis vira-latas que lhe seguiam.

— Boa noite.

— Boa noite, minha flor. Como tu está?

— Bem. E tu?

— Melhor agora que tô lhe vendo.

Nobelina tremia, apreensiva. Olhou para trás e gritou da porta:

— Pai, a gente pode conversar um pouco aqui no terreiro?

— Pode sim, menina. Joquinha é moço respeitador... Não é Joquinha? — gritou seu Narciso de dentro de casa.

— Sou sim, seu Narciso. — Respondeu Joquinha também aos gritos.

— Vem cá me dá um abraço, um beijo!?

— Não, melhor não. Eu pensei muito esses dias e posso lhe dizer que não vai dar certo o nosso namoro. Preciso me dedicar aos meus estudos. Tenho que ser determinada pra alcançar os meus objetivos, e o meu maior objetivo nesse momento é a minha profissão, não um homem, um namorado, uma paixão. Além do mais, você mora lá em São Paulo. Logo logo vai embora e esquece de mim.

— Esqueço nada. E tu tinha aceitado.

— Não sabia quem era tu, agora sei. Já tem tua vida feita, tá só passeando. Mora na cidade grande. Cheia de mulher bonita, inteligente, com profissões. O que pode querer de uma matuta do fim do mundo, que não é ninguém?

— Calma! Não é assim. Tô apaixonado por tu. Quero me casar com você e te levar comigo pra cidade. Lá você vai poder trabalhar como professora.

— Não! Quero estudar aqui, terminar meus estudos, e ajudar essas crianças daqui a melhorar de vida, ensinar o que aprendi.

Ele tentou abraçá-la, no entanto ela lhe empurrou.

— Não, Joca. Nosso namoro mal começou e acabou. Por favor, me entenda! Respeite minha decisão. Sou muito grata por não ter contado pro meu pai sobre a escola. E peço-lhe que continue sem contar. Mas vá cuidar de tua vida e me deixe cuidar da minha.

Joquinha ficou surpreso.

— E o teu pai?

— Se tu gosta mesmo de mim, vai arrumar uma desculpa boa. Pode dizer que foi chamado pro teu trabalho antes do tempo previsto...

— O que tu tá me pedindo é demais.

— Se contar a verdade, meu pai é capaz de me enjaular e nunca mais me libertar. Sem falar na surra que posso tomar.

— Verdade? Ele teria coragem de lhe bater?

— Claro! De cipó de boi, com certeza. Já fez isso tantas vezes.

— Isso é um absurdo! Claro que não contarei. Eu vou te ajudar, só que não vou desistir de você. — disse o rapaz antes de beijar a mão de Nobelina e sair tristonho.

De cabeça baixa, suado e sujo do trabalho na roça, Joca chegou e foi logo em direção ao seu quarto.

— Oi, filho. Tudo bem?

— Mãe, pai, não vou passar o tempo que tinha planejado aqui com vocês. Vou precisar ir embora.

— Como assim, filho? O que houve? E a namorada, você parecia tão feliz?

— Acabou. Aliás, nem começou.

— Filho, o que houve?

— Mãe, Nobelina não é e nem nunca será minha namorada. Ela não me quer.

— Essa moça é mesmo aluada. Como pode não querer namorar tu? Um rapaz bom, trabalhador, formado, bonito, inteligente... Como pode?

— Mãe, não é assim também, né? Vou começar a arrumar minhas coisas e voltar antes do tempo previsto. Preciso retomar minha vida, não posso ficar aqui para ver Nobelina desfilando sua beleza, que me enlouquece, para lá e para cá. Depois, tem o seu Narciso... A senhora sabe que eu estava ajudando na roça só pra me aproximar da filha dele, não é, mãe?

— Sim, filho. Eu sei. Preciso te confessar que também estava muito preocupada com esse namoro. Conhecendo tu como conheço, filho. Nunca vou me esquecer do que aconteceu com a filha da Nevinha.

— Ah, mãe, isso já faz tanto tempo. Você ainda lembra disso?

— Claro, filho. Mexer com filha dessa gente daqui não é a mesma coisa das moças de São Paulo, querido. Ainda mais filha do seu Narciso. Você sabe como o homem é bravo. Melhor assim, até. Ah, filho, mas vou sentir tanta saudade de tu. Não me acostumo com essa distância.

— Não fique triste, dona Francisca. Abra um sorriso, pois logo voltarei pra passar mais tempo com vocês, ou, quem sabe, levá-la pra morar comigo em São Paulo.

— Nem pensar, meu filho. Tua mãe é da roça e do tempo antigo, não me acostumo com essas modernidades da cidade grande.

— Bem, agora me dê licença, mãe. Vou tomar banho e organizar minhas malas.

— Mas já? Pensei que fosse demorar mais um pouco.

— Não, mãe. Desta vez é sério. Preciso ir.

Beijou a mãe no rosto.

Francisquinha acariciou sua barba crescida e saiu do quarto, deixando o filho à vontade.

Havia, por muitos anos, um casal de trabalhadores, o seu Ronaldo e dona Nevinha. Moravam de favor ali mesmo, dentro das terras do seu Zé da Penha. O casal ajudava na plantação e criavam cinco filhos, entre eles, Suely, a mais velha. Era uma moça envolvente, com a mesma idade de Joquinha. Na época, tiveram um namoro as escondidas, e Suely acabou engravidando do rapaz. Seu Ronaldo foi falar com o seu Zé da Penha, que não só disse que a criança poderia não ser do seu filho, como não admitiu mais a presença da família em suas terras, mandando-os embora. No mesmo dia Seu Ronaldo pegou a mulher e os filhos e saiu de lá. E nunca mais tiveram notícias deles.

Com tudo pronto para sua partida, Joca decidiu conversar com o seu Narciso. Era início da tarde, logo após o almoço, aquilo que o seu Narciso chamava de "tirar uma madorninha", antes de pegar de novo na enxada. Joquinha chegou no terreiro batendo palmas.

— Opa!

— Entre, meu genro.

Seu Narciso foi levantando, dando uma gargalhada, dirigindo-se até a porteira de onde o rapaz chamava. Nobelina estava no quarto lendo. Ao ouvir Joca, correu até a janela, curiosa. Sua mãe, assustada, foi até ela. Seu Narciso abriu a porteira e acompanhou o rapaz ao alpendre da casa.

— Vamos sentar. Tomar um café. Guilhermina! Passe um café fresquinho pra nós! O que tá acontecendo? Não vi tu na roça hoje.

— Sim. Eu lhe peço desculpas, meu amigo. É que recebi um chamado do posto de telefone e precisei ir para casa.

— Já tava preocupado, num foi, nega?

— Sim. É verdade! O nego nem almoçou direito preocupado com você, Joquinha.

— Mas imagino que você veio mesmo foi pra falar com Nobelina, não?

— Não! — Joca exclamou rápido. — Quer dizer, calma, seu Narciso... Na verdade, eu já conversei com Nobelina. Agora preciso falar mesmo é com o senhor e sua senhora.

Seu Narciso fez cara de satisfação.

— Não pensei que a carruagem já fosse chegar — disse todo feliz, pensando que o assunto em questão seria o casamento.

— Bem, seu Narciso, para mim este momento tá sendo muito difícil. Eu gosto muito de vocês. São pessoas que sempre me receberam muito bem em vossa casa. Gosto muito da Nobelina e tava com muitos planos, mas...

— Mas o que, homem? Vamos deixar de arrodeio e fale logo de uma vez. Bote logo essa batata quente pra fora.

Exaltado, seu Narciso levantou-se chateado.

— Calma, homem de Deus. Deixa o moço falar. Diga, moço. Fale logo!

— Seu Narciso, a tal ligação que estava a contar ao senhor, foi da empresa em que eu trabalho em São Paulo. Recebi um chamado urgente e preciso voltar. Eu sinto muito. Gostaria de poder ficar, mas não posso. Mesmo assim, continuarei tentando voltar o quanto antes. Prometo.

Seu Narciso ficou furioso. Sentiu-se enganado, e logo se expressou em alto tom:

— O que tu tá pensando que é? Se aproximou de nós, namorou minha filha e agora vai embora assim? Saia da minha casa agora!

— Mas, seu Narciso...

— Vamos. Chispa daqui agora!

Joca saiu arrasado, sem olhar para trás, seguiu desolado para a casa de seus pais. Enquanto isso, Nobelina assistira tudo da janela. Sem reação alguma, ficou quieta no quarto, abraçada com seus livros.

Uma lágrima umedeceu o rosto liso e aveludado da moça. Respirou fundo e retomou a leitura, até que o pai se aproximou, puxando a cortina, entrando no quarto sem porta.

— Oi, filha.

— Oi, pai.

— Chegou nas suas ouça?

— Sim, pai. Ouvi tudo.

— Não fique triste. O pai vai arrumar outro moço pra tu.

— Pai, meu paizinho, pelo amor de Deus, eu te imploro. Me entenda! Eu não estou procurando um moço pra me casar. Eu quero é estudar. Me deixe estudar, pai. É só isso que eu quero.

— Você tá é doida. Se não casar logo vai passar da idade. Já já tá pertinho da casa dos vinte. Daqui a um ano, nenhum moço vai querer casar com mulher velha não, filha. Moça velha, nenhum homem gosta. O pai sabe o que é melhor pra tu, menina.

Nobelina queria sumir, mandar o pai sair da sua frente, mas não podia. Acima de tudo, tinha muito respeito por seu velho progenitor.

— Vai ficar aí agarrada com esse monte de papel? Virgem Maria! Vá já pra cozinha ajudar tua mãe a fazer a janta, menina. Bora! Se mova do canto!

Seu Narciso colocou o chapéu na cabeça careca e foi para o roçado.

Nobelina, triste, seguiu para a cozinha de cabeça baixa.

— Mãe.

— Filha, pode deixar. A mãe num tá precisando de ajuda, não. Pode ir ler teus livro, vá.

— Mãe, eu amo muito a senhora. Um dia, ainda vou te tirar dessa vida. Eu prometo.

— Filha, eu num quero mudar de vida, não. Quem quer isso é você. Eu sou feliz assim, filha. Eu só quero que tu fique feliz também. Se meu casório fosse hoje com teu pai e o padre me perguntasse se queria casar com ele, eu dizia de novo: sim.

Nobelina esboçou um sorriso de canto, balançando a cabeça com um sinal de reprovação, e voltou para o quarto. Notou que o irmão caçula a olhava admirado, sentado no chão de barro, onde brincava de bolinha de gude.

— E tu? Vai querer ficar aqui nessa vida ou vai estudar, garoto?

— Quero é ajudar o pai na roça.

Ela balançou a cabeça, desgostosa, expressando reprovação.

— Tu ainda é criança, irmão. Agora, dê licença, que preciso estudar antes que o pai volte. Tenho muitos assuntos pra colocar em dia, faltei muitas aulas e agora preciso recuperar as matérias. E tu não vai contar nada pra ele, ouviu bem?

O garoto, que estava crescendo e ainda não sabia o que era uma sala de aula ou matérias, saiu em direção ao terreiro, ao encontro de suas bolinhas de gude.

Com o cair da tarde, Nobelina foi até o jardim. Era o momento que mais a lembrava de Joquinha. Ela adorava ir até lá contemplar as flores. Gostava de decorar a simples casa da mãe com vasos reciclados com cabaças e potes de plástico, que usava para fazer arranjos com roseiras, dálias e cravos.

Logo um carro preto, passou em direção à saída das redondezas. O veículo diminuiu a velocidade quando estava mais próximo. Era um carro fretado por Joca para levá-lo até a rodoviária de Campina Grande. Abaixando o vidro, Joquinha deu com a mão em sinal de adeus. Nobelina, estendeu a sua, que levou à boca e em seguida e soltou um beijo ao vento. Então cheirou as flores e se recolheu.

Seu coração estava tristonho, mas não se entregava à emoção. Arrumou os arranjos e foi passar o café enquanto a mãe abanava as brasas, cozinhando o jantar de mais uma noite em família.

Ao amanhecer, a rotina retornava. Nobelina acordou cedo. Não poderia mais faltar as aulas, o final do ano letivo estava chegando e o seu sonho se tornava cada vez mais próximo de se realizar. Com muito esforço e dedicação, a certeza de uma gloriosa e tão sonhada conquista batia à sua janela.

Seu Narciso demorou-se um pouco mais para sair naquela manhã, e Nobelina correu tão afobada para aula que até se esqueceu de encurtar a saia. Correu entre mangueiras e cajueiros, com livros embaixo do braço, para chegar antes da aula começar no grupo escolar municipal do Sítio Piaca, onde a professora Marlene a esperava.

Professora Marlene

Professora Marlene ainda era bem jovem, mas muito dedicada. Mãe de cinco filhos e casada com o Doca da bodega, onde seu Narciso, vez ou outra, costumava jogar sinuca. Apesar de seu pouco salário, era coordenadora e professora que, de forma simplória, abria asas e portas para o conhecimento e as futuras realizações dentro do mundo restrito de cada ser daquela pequena região. A professora Marlene sabia das diversas dificuldades de todos os alunos, porque era a única professora de toda a região. Da alfabetização à quarta série, era dona Marlene a responsável. Conhecia, em especial, a luta que Nobelina enfrentava para ir à escola, por isso, quando a moça começou a se ausentar por alguns dias, sentiu falta da aluna aplicada. Ao vê-la chegando, suada e ofegante, ficou contente.

— Minha futura colaboradora! Como vai, querida? O que houve? Você faltou muito.

— Bom dia, professora. Me desculpe esses dias de falta, foram muitos problemas.

— Não me diga que vai desistir...

— Não, não, nunca professora. Prefiro a morte.

— Não fale isso, querida.

— Coloquei todas as atividades em dia. Julieta de dona Lena me emprestou seus cadernos. Li todos os textos, fiz todas as contas de matemática. Tudo aqui. Trouxe pra correção.

— Calma, querida. Vamos pra aula agora.

Entraram na sala. Um cômodo pequeno com uma janela minúscula. Oito moças e dois rapazes, em condições de aprendizado diferenciado, estavam ali. A professora Marlene desdobrava-se para dar um ensino de qualidade, oferecendo, dessa forma, o melhor de sua capacidade e conhecimento, sem assessoria necessária, sem material de complemento, mas sempre com muita paciência e um extremo desejo de transferir o seu saber. Apesar de seu mísero salário que, além de tudo, fazia-se atrasado, não era motivo para desistir, ou desanimar, a professora Marlene exercia sua profissão como uma missão de vida.

No final da aula, a professora passou mais tempo com Nobelina, tirando dúvidas, e ela teve que correr de volta para casa com intenção de chegar antes do pai, como havia planejado. Era uma aflição constante, mas o que a acalentava era a realização no final do dia: um aprendizado que não tinha preço.

Lula

Passaram-se dias, e a vida de Nobelina seguia conforme ela planejara, dedicada aos estudos, ajudando a mãe na lida da casa. Mas a preocupação de seu Narciso continuava: casar a filha com um bom moço.

— Filha, Deus é muito bom mermo. Ele sabe o que faz.

— Do que o senhor tá falando, pai?

— Pois tu sabe que o seu Zé da Penha, o pai do Joca, ainda tem outros dois filhos macho?

— Sim. Joquinha havia me falado.

— Pois então, menina. Joca não era pra tu mesmo, não. Ele mudou muito morando pelas banda de São Paulo. Agora, os dois irmão dele, Zeca e Lula, esses, sim, são dois homens bons pra casar com minha filha. São daqui mesmo, nunca foram pra cidade grande...

— Pai, lá vem o senhor com essa conversa outra vez? Eu não aguento mais isso, pai. Me deixe em paz.

Nobelina saiu resmungando entre as árvores. Seu Narciso ficou um pouco assustado com a atitude da filha.

Pasmo, seguiu até o alpendre da casa e, tropeçando nas moitas de feijão seco no chão, olhou a filha afastar-se. Dona Guilhermina apressou-se até o marido, o garoto Chico também.

— O que foi, homem?

— Nossa filha endoidou de vez agora, mulher. Isso é porque tá perto de virar moça velha, só pode ser.

— Que isso, homem? Lá vem tu com seus exageros.

— Ela é assim por culpa tua, que é muito corta-jaca dela, num sabe?

— Mas, homem, num fale isso da nossa filha!

Nobelina chorava. Até se esqueceu do espaço do sítio sem cerca de seu pai e acabou por entre as terras do vizinho, o seu Zé da Penha. Cansada, e ainda chorando, sentou-se embaixo de uma jaqueira. O cheiro daquelas frutas deixava Nobelina muito relaxada. Ali se deitou, fechou os olhos, o choro foi se esvaindo, e acabou adormecendo quando, de repente, escutou uma voz distante a chamando:

— Moça! Moça! Acorde! Aqui num é lugar pra moça tirar madorna, não, tá cheio de porco do mato por essas bandas.

Era o filho mais novo do seu Zé da Penha: Lula. Um jovem pálido de bochechas vermelhas, queimadas de sol, lábios corados e olhos claros. O pai sempre dizia: "Não sei a quem esse menino puxou". Muito simples, respeitador, trabalhador no cabo da enxada, vivia satisfeito por ali. Aquele mundo era o bastante. Jamais se encantara pelos desconhecidos. Não se interessava pelas letras e mal sabia assinar o próprio nome; falava um português bagunçado, contudo era um rapaz sensível e inteligente.

Apesar de ser o braço direito de seu Zé da Penha, nunca foi tão reconhecido e admirado pelos pais como Joca, o irmão mais velho. Inúmeras vezes, em uma discussão ou outra entre família, Lula sempre era comparado ao irmão. O pior era quando era excluído ou tinha de ouvir seu pai o chamar de "burro, demente, asno, besta" e outros adjetivos de destrato. Porém, o rapaz escutava aquilo com humildade e, às vezes, até chegava a achar normal, pois o pai que tanto admirava só podia estar certo.

Sua realização, no entanto, era com o aroma do mato, do leite da vaca, enquanto ordenhava o gado. Gostava de sentir o perfume exalado pelo curral, o canto do galo cedinho, as galinhas soltas no pátio, um bom cavalo selado, o relinchar do jumento, ver o proliferar das sementes, realizar a colheita, sentir o cheiro da chuva aguando a plantação. Este, sim, era o mundo ao qual ele entendia e gostava, por isso não sentia inveja de ninguém, muito menos do irmão.

Olhava para o tempo e sabia se iria chover ou não, o que interessava ao moço era conversar com os mais velhos, agricultores simples, muitos deles que nem sequer possuíam uma terra para plantar. Gostava mesmo era de escutar o velho Mané Romão, um senhorzinho muito antigo na região, que dava uma verdadeira aula de meteorologia:

— Meu filho, esses homem estudado, tudo cheio de aparelho, num entendem é de nada, não. Outro dia, lá em casa, chegou um bocado deles; vieram estudar o tempo, pra ver quando cairia chuva na Paraíba. Armaram os negócio no terreiro, mas quando vi aquela noite estrelada, uma lua na maior claridão, sem nenhum taco de nuvem, o firmamento estrelado, o céu avermelhado, fui logo avisando pros moço guardar os aparelhos, pois a chuva ia chegar. Isso foi motivo pra risadas, e todos foram dormir tranquilos, até que acordaram assustados com o trovão e relâmpago pelo mundo. Quando amanheceu o dia, os homem quiseram prosa, me preguntaram o porque que eu disse que ia chover. Eu falei bem assim: seu moço, preste atenção: quando o anu-preto chora, e um bocado de tanajura passa em bando no terreiro, e o pássaro fura-barreira faz o seu ninho a uns cinco metro do chão, e o jumento amanhece com os ovos suados, posso plantar na seca, pois a chuva é certeza.

Assim era Lula: um rapaz simples, ouvinte atento de Mané Romão.

Nobelina abriu os olhos, assustada.

— O que foi? Por que tá me olhando? Quem é tu?

— Calma, moça. Eu sou filho do seu Zé da Penha.

Imediatamente, Nobelina levantou-se irritada, arrumando o vestido.

— Mas não acredito nisso! Meu pai mandou o senhor vir atrás de mim? Eu já sei! Isso é mesmo ridículo!

— Calma, moça. Num falei com vosso pai, não.

— Não?

— Apenas fiquei preocupado com a moça caída aqui dentro da nossa terra, mas num vim procurar a moça, não, senhora.

— Estou na terra de vocês?

— Sim.

— Desculpe. Eu briguei com meu pai e tava muito nervosa. Andei muito, então fiquei cansada, aí parei pra descansar e acabei relaxando com esse cheirinho de Jaca que tá aqui.

— Sim, moça, eu também gosto desse cheiro, e gosto da fruta — disse o rapaz, e já foi tirando a peixeira da cintura e derrubando uma bela jaca dura. Abrindo-a, disse: — Se a moça gosta do cheiro, também deve gosta da fruta. Tome. Faz favor.

— Obrigada.

— Mas, que mal te pergunte, qual é a tua graça?

Ela respondeu ao se deliciar com a fruta:

— Sou Nobelina, filha do seu Narciso.

Lula arregalou os olhos, benzendo-se.

— Credo em Cruz! Ave Maria! Minha nossa senhora! Minha virgem Maria! Dona moça, a senhora que era namorada do mano véi, e que largou ele? Ah, me desculpe, mas a senhora é muito formosa mesmo, o mano tinha razão.

— Tu é engraçado. Não precisa se desculpar. Tá tudo bem. Como tu mesmo disse, não sou mais namorada do teu irmão. Agora, preciso voltar pra casa. Meus pais devem estar preocupados. Obrigada por se preocupar comigo. E pela jaca. Como tu se chama mesmo?

— Eu sou o Lula.

— Tchau, Lula. Obrigada!

— Tchau, moça! — despediu-se Lula, admirando seu vulto até desaparecer na paisagem.

Nobelina saiu com os dentes arreganhados.

— O moço é bondoso, mas pelo jeito não tem nenhum estudo. Quem sabe não posso ensinar um pouco pra ele? Se ele topar, pode ser o meu primeiro aluno.

No final do ano seria a formatura de Nobelina no Logos Pedagógico. Estava animada e já fazia muitos planos. Sonhava o tempo inteiro em compartilhar o que aprendera. Havia momentos que pensava que explodiria de tanto que tinha para ensinar, para dividir com outros o que já sabia.

Refletia enquanto corria de volta para casa; sonhava e fazia tantos planos.

Dona Guilhermina esperava-lhe no jardim florido e perfumado. Estava preocupada. Queria falar com a filha antes que entrasse em casa.

— Filha, o que deu em tu? Enfrentar teu pai desse jeito. Tua cachola afracou de vez, foi? Eu fiquei com o coração na mão. Fiz até uma promessa pro teu anjo da guarda. Onde tu tava até essas horas?

— Desculpa, mãezinha. Saí pra pensar e não é que acabei conhecendo o rapaz que o pai quer que eu namore, agora, irmão do Joquinha, vê se pode?

Nobelina ria tranquila. Entrando em casa, encontrou o pai carrancudo, deitado na rede, com um pequeno radinho a pilha encostado ao ouvido, escutando um programa que gostava muito chamado Retalhos do Sertão; causos e cantorias que ali eram contadas o faziam se esquecer dos problemas e dar grandes gargalhadas. Era um programa que mudava seu humor; entre uma cachimbada e outra, relaxava e acabava adormecendo.

— Ô, Nobelina, pra onde tu vai?

— Vou colocar a mesa, pai. Vamos jantar.

— Sim, eu já tinha até esquecido que as tripas tavam roncando. Quando começa esse programa, eu me esqueço é do mundo.

Naquele dia, não houve mais conversa sobre namoro. Seu Narciso jantou escutando o locutor do programa de rádio, Zezinho, um poeta declamador muito conhecido na região. Seu Narciso adorava ouvi-lo e até sonhava em chamar o poeta para fazer uma cantoria no terreiro de sua casa, em uma noite de festa para a qual convidaria os vizinhos, e, quem sabe, Nobelina não simpatizava com algum pretendente, de preferência um dos dois filhos do seu José da Penha...

— Minha gente, vou chamar esse moço pra vir aqui pra casa contar poesia, trazer os cantadores de viola, emboladores de coco, e nós e os vizinho vamos dar risada na beira da fogueira, assim que tiver Lua. Vai ser arretado de bom.

— Que bom, pai. Fico feliz com o teu ânimo.

Dona Guilhermina retrucou sorrindo:

— Só não é melhor, filha, porque nessas invenções do teu pai só quem trabalha sou eu.

— A gente ajuda tua mãe, num é, filha?

— Claro, mãezinha. Fique tranquila, não vou deixar a senhora trabalhando sozinha.

Nobelina pediu a benção dos pais, e se recolheu em seu quarto, que era parede e meia com o quarto dos pais, ou seja, a construção da parede não completava até o telhado, então eles sempre esperavam um tempo até que a filha adormecesse para poderem conversar à vontade, e esperavam por mais tempo ainda, para noites mais quentes de amor, sem que ela escutasse o que falavam. Deitados em uma cama de mola, muito barulhenta, com o colchão de palha, evitavam até de se mexerem para ela não ouvir.

Seu Narciso, animado, comentou sobre seus planos a respeito da noite de cantoria. Dona Guilhermina, como em tudo, apoiou o marido e demonstrou sua animação, mas estava exausta e logo pegou no sono.

— Ô, mulher, acorda!

— O que é, criatura? E tô estropiada de cansada!

— Oxente, e tu vai dormir sem me dar minha parte?

Guilhermina mesmo cansada e sem desejos, não podia negar sexo ao marido, sabia que o dia seguinte seria ainda mais difícil. E como sempre fazia, se colocou na posição desejada pelo marido, e esperou o seu prazer.

Zeca

No dia seguinte, às quatro da manhã, seu Narciso deu um pulo da cama, acordando dona Guilhermina.

— Acorda, mulher. Já tá tarde. Vai passar o café.

Assim que chegou no roçado, seu Narciso encontrou amigos; entre eles, os filhos do vizinho. Reparou que alguns dos homens zombavam do filho do meio do seu Zé da Penha. Era um rapaz muito bom e trabalhador, que assim como o irmão mais novo, nunca se identificara com os estudos, mas que sempre apreciara a estada na roça. A diferença dos irmãos é que fazia um tipo um tanto mais preguiçoso. Gostava mais de admirar o trabalho do irmão e do pai, que propriamente ajudar, fosse na roça ou na vacaria. Não podia ver uma sombra e, na menor distração de seu irmão mais novo, via uma brecha para se deitar e observar os outros na labuta, por vezes até dando palpites. Mas, apesar de tudo, nada e nem ninguém po-

78 CIBELE LAURENTINO

dia lhe fazer afrontas ou mangoças, porque Lula, o irmão mais novo, o defendia.

Falava Chico de Biu, trabalhador de seu Zé Furiba:

— Ah, toda família tem uma ovelha estragada, compadre. Aquele dali é preguiçoso, meio fracote, meio mole, num sabe? Acho até que deve ser boiola.

O jovem Zeca escutava, ficava sem graça, baixava a cabeça, arrastava a enxada e saía sem discutir tamanha grosseria. Seu irmão, Lula, por outro lado, tomava as dores, levantava-se valente, defendendo-o da humilhação. Lula sacolejou o trabalhador Chico de Biu, aos empurrões, e seu Narciso o segurou.

— Calma! Calma, minha, gente! É brincadeira do Chico, num é, Chico? — falou, piscando para o amigo de trabalho. — Vamos trabalhar porque gente desocupada só pensa e faz asneira, num sabe? O diabo toma conta.

Todos seguiram para seus afazeres, e seu Narciso se encostou próximo do Chico de Biu:

— Chico. Quero que tu me conte essa conversa direito, homem. De onde tu tirou isso? De que o rapaz é afeminado?

— Oxente, então o senhor num sabe? Todo mundo nas redondezas comenta, criatura. É o desgosto do pai. Disseram até que, quando foi no tempo de seu Zé da Penha levar os três na Casa da Noca, só ele falhou. É ovo gorado.

Seu Narciso trabalhou a manhã inteira pensando sobre o que ouvira. Seria mesmo o filho do meio de seu Zé da Penha aquilo que estavam dizendo?

Nobelina, voltando da escola para a casa, avistou Lula caminhando um pouco mais à sua frente, de cabeça baixa e enxada nas costas. Ela acelerou o passo.

— Bom dia!

— Bom dia — Lula respondeu, desanimado, quase sem levantar o rosto.

— Nossa, moço, o que tu tem? Parece tão triste? Ontem tava tão animado.

— Nada não, moça. Só tô cansado... E de onde a moça vem assim, tão animada?

— Da escola. Tô estudando pra ser professora.

— A moça fala tão bonito. Até parece gente da cidade. Deve se porque é gente estudada.

— Nada. Tô aprendendo ainda, pra poder ensinar. Mas me diz, o que te deixa tão triste?

Lula, mais descontraído, resolveu soltar a grosseria que ouvira logo tão cedo pela manhã, e que já vinha ouvindo há tempos. Daí a perder a cabeça e partir para cima do homem que estava zangando seu irmão.

— Nossa! Que absurdo!

— Pois é. E se o senhor seu pai não passa na hora, ia dá briga lá. Porque eu não admito essas bobagens que os outros falam do meu irmão. Eu ia quebra a cara dele. Seu pai que não deixou.

— Que bom. Vez ou outra, meu pai me deixa orgulhosa. É raro, mas acontece.

— O vosso pai deve ficar é muito satisfeito com tu, que fala tão bonito.

— Não, eu bem queria. Mas ele não gosta. Me proíbe de estudar.

— Nessa vida é tudo trocado mesmo. Lá em casa nosso pai fazia gosto que nós três estudasse. Eu e Zeca nunca gostamos, só Joquinha que deu pra isso. A gente é burro mesmo.

— Não! O que é isso? Não pense assim.

— Foi o pai que disse isso desde nós pequenos até hoje. Ele tem razão. Como se num bastasse, agora só falta o Zeca dá pra viado. Eu num quero irmão viado, não. Se for verdade, aí eu vô bate é nele.

— Calma, você não é burro, e seu irmão também não é nada disso. Tu quer que eu te ajude?

— Como que vai me ajudar?

— Ajudando. Posso ensinar tudo o que sei pra tu. Posso provar que você não é burro. Tu, teus irmãos, eu, todos nós temos a mesma capacidade de aprender, falar, ler, escrever e também temos o direito de sermos o que quisermos ser. Escolher nossa profissão, escolher como a gente quer viver, conquistar o mundo, ajudar pessoas, contribuir com o crescimento da nossa cidade, do nosso país.

— Oxente! Se é assim que a moça diz, vou pensar. Posso?

— Amanhã, nesse mesmo horário, te espero aqui. Chegue com a resposta.

— Tá certo. Pode deixar.

Lula despediu-se, beijando a mão de Nobelina, já bem mais animado, e seguiu para casa. Nobelina fez o mesmo, apressando o passo, já que dona Guilhermina precisaria de sua ajuda para torrar farinha.

Casa de farinha

Nas tardes de quarta-feira, bem próximo à propriedade da família de Nobelina, havia uma casa de farinha, de uso compartilhado com a vizinhança. Todos se ajudavam, mas cada família tinha o dia da sua contribuição com a mão-de-obra e retirada na farinha. Geralmente, as moças e os rapazes gostavam desse momento, porque acabava sendo de descontração, histórias, paqueras e muitas risadas. Nobelina, no entanto, não gostava; além de todo o serviço braçal, a conversa não era atraente, assuntos que não a interessavam. Preferia seus livros e seus pensamentos.

Esse dia, em especial, fora muito traumático, não só para Nobelina, mas para todos que presenciaram aquela cena.

Havia muita mandioca. O serviço estendera-se pela noite. Um casal paquerava havia muito tempo; era Maria de Lolô, uma moça bonita, cobiçada. Nem parecia que tinha de encarar o roçado todos os dias. O rapaz era Zé de Chico, um moço simpático, musculoso e muito trabalhador. Os dois, cheios de planos, sempre trabalhavam juntos na serrilha. A moça empurrava as mandiocas que ele lhe entregava e as descascava na máquina. Entre um serviço e outro, um piscar de olhos aqui, um sorriso ali, as mãos se encontrando. Nesse tempo, Maria de Lolô acabou descuidando-se e a mão passou direto no maquinário: a moça gritava, os amigos em pânico, o trabalho encerrado. Chamaram uma ambulância para seguirem até Campina Grande.

Nesse interim, o rapaz desesperado, falava em alto tom que nada mudaria seu amor por Maria, e mesmo que ela viesse a perder a mão, isso não importaria, se casaria com ela do mesmo jeito.

Nobelina e dona Guilhermina voltaram para casa entristecidas, contando o ocorrido para seu Narciso. Após ouvir toda a história, ele comentou:

— Uma moça tão formosa. Será que o Zé, rapaz ainda jovem, vai querer mesmo casar com moça alejada?

— Pai!

— Oxente! O que eu disse de errado?

No dia seguinte, depois de uma noite mal dormida, com pesadelos e lembranças do acidente na casa de farinha, Nobelina caminhou até o galinheiro em busca de ovos para uma gemada que dona Guilhermina faria, quando, de repente, seus olhos foram fechados com duas mãos calejadas.

— Quem é?

— Quem pode ser, moça?

Nobelina virou-se, segurando aquelas mãos, espantada.

— Como tuas mãos são grossas.

— Sim. Desde pequeno que lido com o cabo da enxada, moça. Pegando peso, galão d'água na cabeça.

— Tu pode mudar tudo isso, já falei.

— Moça, eu num tô aperreado, não, vice? Eu sou feliz assim, sentindo o cheiro da terra, do gado, dos bicho, da bosta do boi. Desculpa, moça, lhe decepcionar.

— Tudo bem. Pensei que tu quisesse que eu fosse tua professora.

— Sim. Eu quero aprender a assinar meu nome direito. Num gosto de ficar molhando o dedo naquela esponja azul, num sabe? Também quero aprender a ler algumas coisas. O necessário, só. Só por isso mesmo.

— Ah, claro, entendo, é muito ruim mesmo. Pode deixar. Depois nos falamos então para combinar suas aulas.

Chegando em casa, Nobelina procurou pelo pai.

Dona Guilhermina respondeu-lhe:

— Filha, teu pai foi na casa do seu Zé Furiba, ficou sabendo que ele é amigo lá do tal do poeta Zezinho do rádio. Teu pai quer convidar o povo pra cantoria aqui no terreiro de casa.

Depois de um tempo, seu Narciso chegou assoviando e arrastando seu par de botas sujas. Tirou o chapéu, dependurou em um armador de redes na sala e olhou para a filha.

— Menina, vamos ter cantoria de viola quinta-feira à boca da noite. Vai ser muito bom, vou chamar os vizinhos. Vou fazer uma fogueira grande pra alumiar a noite, assar batata doce, milho verde, uma costelinha de carneiro, uma rabada de bode. Vixi! Vai ser muito bom.

— Pai, já sabe quem vem cantar?

— Sim, será Mané de Leia e o Zuca Amarelo. Eu gosto muito desses dois. E acho que o poeta Zezinho vem também.

— Sim, pai, vai ser muito bom.

A cantoria

Na quinta-feira, logo cedo, seu Narciso fez a fogueira; Zé Rufino trouxe a carne, Anchieta, o milho, Chico de Helena, a batata. Era assim, a vizinhança se unia naquele lugarejo.

Não muito depois, chegavam seu Zé Furiba e a família, seu Zé da Penha e os filhos, Zeca e Lula. Nobelina, de saia rodada e batom vermelho nos lábios, cabelos penteados, desfilava pelo terreiro e Lula parecia hipnotizado, não lhe tirava os olhos.

Mais tarde, os poetas chegaram. Seu Narciso, contente, encontrou o poeta Zezinho, a mesma voz do rádio. Descobriram que já se conheciam dos tempos de adolescente, quando todos os meninos requisitavam o poeta para que ele escrevesse cartas de amor para as moças que desejavam namorar. Até seu Narciso chegou a pedir uma, antes de namorar dona Guilhermina. Seu Nicanor abraçou o poeta com alegria, e logo fez as formalidades, apresentou a todos os que ali estavam; uma dose de cachaça, cada qual já saboreava. Tudo pronto. Assim se iniciou a cantoria, com o poeta Zezinho fazendo a abertura; "Seu moço desde menino que eu gosto dos animais, do verde que tem os montes, do canto dos sabiás. Já que nao tive estudo, o meu professor é tudo o que a natureza faz"...recitou um poema, contou um causo e apresentou os cantores.

Todos aplaudiam e davam risadas. O então poeta explicou que passaria um chapéu para que os presentes dessem sua contribuição financeira ao talento dos poetas e cantadores. A vizinhança, modesta, colocava valores naquele chapéu sem sequer reclamar, pois reconhecia o trabalho e a arte de cada um.

Os cantadores iniciaram a apresentação com um repente, o mote dado de improviso por um dos presentes, fora traduzido em rimas e versos, amores e graças. Assim, os olhares das moças e rapazes cruzavam-se ao som da viola e ao calor da fogueira, que queimava na noite gostosa de céu estrelado e brisa forte, misturando a música ao som do balançar das árvores.

Nobelina e Lula olhavam-se, trocavam sorrisos.

Seu Narciso, mesmo encantado com a apresentação, não parava de observar a filha, e comentou:

— Oh, mulher, acho que foi amor à primeira vista. Oia lá, nossa filha tá cubando o Lula.

— Verdade. Também já reparei isso.

— Acho que dessa vez vai dar certo.

— E ele num para de cubar ela também.

A música, os causos e poemas continuaram. Até que a meia-noite, seu Narciso encerrou a festa. Com a verdadeira desculpa de que no dia seguinte havia muito trabalho pra todo mundo. A família despedia-se dos convidados, enquanto Nobelina, sorridente, conversava com Lula.

— A gente pode prosear um bocadinho amanhã de tardinha?

— Sim. Pode, sim, não é, pai? — falou a moça, pedindo o consentimento do seu Narciso.

— Pode minha filha, pode sim. Desde que seja por aqui.

— Então espero tu amanhã à tardinha.

— Até.

Nesse momento, seu Zé da Penha cumprimentou o vizinho:

— Compadre, será que a gente ainda une nossas famílias e nossas terras?

— Acho que num tá difícil não.

Falaram em tom de brincadeira, sorrindo com um forte aperto de mão. Assim, todos os convidados, inclusive os poetas, retiraram-se contentes, e cada qual seguiu seu destino; alguns a cavalos, outros a pé e tantos de rural. Deu-se o fim àquela noite de festa. A família anfitriã, após se despedir de todos, recolheram-se ao descanso. Seu Narciso e dona Guilhermina muito contentes, exageraram um pouco na cachacinha com caldo de feijão.

    Nobelina, esperou os pais adormecerem, e em sua rede, com o candeeiro aceso, quase não dormiu. Naquela noite, estudou e leu poesia até o sol nascer. Aproximava-se do final do ano letivo, e ela tinha metas e pressa.

Final de ano

A manhã de Nobelina foi bem preenchida: era seu último dia de aula. Fez as últimas provas, apresentou um trabalho oral, recebeu as notas e, para a satisfação da professora e sua própria, foi aprovada com a maior nota da sala. A moça estava radiante. Não sabia se chorava ou se sorria. Os olhos brilhavam. Seu desejo era mesmo contar para todos nas redondezas sobre a realização, o motivo de toda aquela alegria, mas sabia que a notícia não podia chegar aos ouvidos do pai.

As amigas e a professora parabenizaram-na.

— Nobelina, querida, parabéns por esta etapa concluída! Que tu possa vencer outras e contribuir pra que pessoas como tu cresçam e conheçam os novos horizontes que só a aprendizagem pode lhes dar.

As lágrimas escorreram pelo rosto da moça. Emocionada, abraçou a professora que, em tantos instantes de dificuldades, também foi sua companheira.

— Obrigada, eterna professora. A senhora foi fundamental para eu ter chegado até aqui. Juro fazer o mesmo que fizestes por mim pra muitas outras pessoas.

— Minha querida, nós vamos ter uma festa bonita no pátio da cidade, pertinho da paróquia, pra família dos formandos. Faço questão que participe. Tu foi a melhor aluna da sala e merece todo reconhecimento possível.

— Professora, tem toda a minha gratidão. Nem imagina o quanto gostaria de participar, mas não vou poder. Pra isso, teria que enfrentar meu pai. E, por minha mãezinha, não vou fazer isso.

— Sim. Entendo, querida. Entrego teu diploma em tuas mãos logo após a festa. Depois das próximas eleições, vou conversar com o novo prefeito, que é parente de Doca, meu marido, pra fazer um arrumadinho e tu ser professora aqui também no nosso grupo escolar. Vai entrar pro projeto Brasil Alfabetizado. Se Deus assim nos permitir, vamos ter mais apoio à educação, mais condições de alfabetizar essa gente.

— Bondade tua, professora. Vou torcer para que seja mesmo eleito. Com meu voto e meu apoio, já pode contar, pois o nosso povo precisa muito de uma educação de qualidade.

Abraçaram-se novamente, e a moça seguiu o caminho para casa. Naquele dia, flutuava entre as árvores. Nobelina gritava de alegria.

— Agora sou a professora Nobelina! A matuta do Sítio Piaca agora é professora!

Não demorou muito para o óbvio acontecer.

— Oxe, Lula! Ou tô ficando doido, ou minha filha tá gritando dentro do mato. Oxente!

— Calma, seu Narciso. É mal-entendido teu. Num tô ouvindo nada, não, senhor.

— Eu sou professora!

— Tô ficando doido, não. É Nobelina! Ela agora afracou de vez.

Puxou Lula e saiu à procura de onde vinha a voz. Não demorou para a encontrarem; atravessaram algumas plantações de milho e deram de cara com a moça. Todos de olhos arregalados.

— Tu endoidou de vez, criatura? Tu tá fazendo o que gritando pras folha? Professora? Oxente, passe já pra casa! O que o moço vai pensar de ti? Que tu é fraca das ideia, menina.

Nobelina seguiu para casa acompanhada do pai, que não parava de resmungar e questionar sua sanidade mental. Para ele, tornar-se professora era algo impossível. A moça estava quieta. Calou-se e obedeceu ao pai. Chegando em casa, foi direto para o quarto.

Dona Guilhermina, quando viu a cena, pensou logo no pior:

— O que foi, homem?

— Encontrei nossa filha gritando no meio da roça, mulher. Tô muito preocupado. Será que afracou?

— Oxente! Num fala asneira. Ela devia tá brincando.

— Será? Faça um escaldado pra ela. Isso é fome! Vou voltar pro roçado. Deixei o serviço pra trazer ela em casa. Vou comer uma manga e beber um gole d'água. Não volto pra almoçar, hoje não, que já me atrasei muito na lida.

Nobelina ouvia tudo de seu quarto, e assim que o pai saiu, foi falar com a mãe.

— Mãe.

— Criatura, o que foi, hein?

— Mãe, me formei pra professora, mãe. Eu consegui! Agora sou professora. Estou muito feliz. Não me controlei, mãezinha. Saí gritando da escola e o pai e o Lula ouviram tudo.

— Filha! Que felicidade, filha!

— Muito obrigada, mãezinha, por ter me ajudado tanto. Sem tu, não teria conseguido. Muito obrigada, meu amor.

— Ô, menina, é muito bom ver tu assim tão feliz. Mas, me diz, filha, e agora? O que tu vai fazer? Tem que contar pro teu pai.

— Ele vai me matar, mãe. Não sei o que fazer.

— Eu sei. Casa com Lula e conta tudo depois do casório.

— Mãe!?

— Filha, se tu contar agora, teu pai num vai aguentar. Num vai mais querer viver comigo depois que souber de tudo, que eu menti pra ele...

— Mãezinha, me perdoe, não tinha pensado nisso. Não vou deixar que nada lhe entristeça, mãezinha, prometo. Vou encontrar a melhor forma de resolver minha mentira.

À tardinha daquele dia cheio de emoções, Nobelina seguiu pelo jardim da mãe, contemplando as roseiras que tanto gostava, aguardando Lula, como tinham marcado. Quando menos esperava, um assovio chamou-lhe a atenção.

— Lula, é tu?

— Já conhece meu assopro?

— Sim. Já conheço teu assovio.

— Tu tá melhor?

— Estou ótima. Nunca estive ruim. Quer dizer, não hoje.

— Seu pai achou que tu tava... Desculpa, afracando.

— Ah, o pai é assim mesmo. Preciso lhe contar um segredo: me formei, sou professora agora. Estou muito feliz.

— Então teu pai tem razão?

— Lula, preste atenção! Eu não estou louca. Consegui estudar escondida do meu pai e me formei. Agora sou professora, igualzinha a professora Marlene, entende?

— Sério mesmo?

— Sim. Sério mesmo.

98 CIBELE LAURENTINO

— Parabéns, disse Lula quase sem deixar a palavra sair. Baixou o olhar com tristeza.

— O que foi?

— Agora perdi a esperança. Uma professora nunca vai querer um matuto que nem eu.

— Tu me quer, Lula?

— Oxe! Que pergunta besta. Não penso em outra coisa que num seja em tu. É por isso que tô aqui. Case comigo! Num consigo mais viver sem tu.

Nobelina não esperava tamanha declaração do rapaz; com tanta sinceridade e pureza expressas naquele rosto encantador. Nobelina, intimamente, havia imaginado que aquele rapaz gostaria de a namorar, no entanto não esperava que pudesse estar tão apaixonado.

— Se tu não me quiser, eu vou entender. Posso até ficar triste, mas vou entender.

— Quem disse que não quero? Eu quero, sim, Lula.

— Tá falando sério?

— Sim. Estou. Com uma condição. Tu aceitaria ao menos aprender um pouco de português?

— É claro que sim. Tá aceitado!

Com um abraço forte, entre aromas e ventos, selaram aquele momento com um demorado beijo. Nem mesmo Nobelina imaginava que gostaria tanto daquele encontro de corpos, e que uma atração física fosse capaz de, por um instante, fazê-la se sentir realizada.

O pedido

— Quero pedir tua mão em casamento pro teu pai. Pode ser amanhã de noitinha? Eu chamo ocês todos pra ir lá no rancho jantar com a gente. Tá certo?

— Mas já? Por que tanta pressa? Vamos nos conhecer melhor.

— Num carece disso, moça. Com tempo, nós vamos se conhecendo.

— Já que quer assim, combinado.

— Meu nosso senhor! Muito obrigado. Eu nem acredito que encontrei a mulher da minha vida, e linda demais da conta, cheirosa...

Nobelina, entregou-se a esse momento envolvente, deslumbrada pelo olhar do rapaz. Por fim, quando Lula já estava de saída para sua casa, seu Narciso chegou com a testa franzida de preocupação.

— Oi, pai.

— Seu Narciso, que cara é essa, homem?

— Num passei uma tarde muito boa, não. Saí sem comer. Preocupado com minha filha.

— O que é isso, pai? Eu estou bem. Ou melhor, nós estamos bem, não é, Lula?

— Nobelina, agora num é hora.

— Oxente, deixe de segredo. Não é hora de quê?

— Eu quero convidar o senhor e sua mulher pra amanhã de noitinha ir lá no rancho.

— Pra quê?

— Eu quero pedir a mão de vossa filha em casamento.

— O quê? Eu num acredito. Já? E como é que foi isso? Assim tão ligeiro?

— É que a gente já se cubava pela redondeza, e sua filha é a mulher da minha vida. Quero me casar com ela, se o senhor permitir, é claro.

— Mas, homem, eu faço é muito gosto. Ô, Guilhermina!

— Tô aqui no galinheiro.

— Venha cá, mulher. Tô chamando!

— Oi, tava limpando o galinheiro. O danado do gavião pegou outra galinha gorda. Aquele desgraçado!

— Mulher, deixe de conversa. O Lula tá pedindo a mão de nossa menina em casamento.

— Mais o quê?

— Então, mãe, amanhã vamos no rancho do pai do Lula pra oficializar o pedido, tá certo?

— Tá certo, tá certo, filha.

Na manhã seguinte, na casa de Nobelina, o dia foi bastante movimentado. A moça lamentava, falando que não tinha roupa para usar naquela ocasião especial. Dona Guilhermina, criativa e prendada, cortou uma chita amarela, que guardava entre lençóis, sentou-se na cadeira, em sua máquina de costura manual, e logo deu formas ao tecido, fazendo um belo vestido, que deixaria a filha ainda mais charmosa e satisfeita. Depois tirou de um baú velho um vestido que quase não lhe cabia mais. Deitou-o na cama, esticado, secou a barriga para poder fechar o zíper, e logo estava pronta.

Seu Narciso engraxou um par de sapatos gastos, vestiu uma calça azul e uma camisa de brim. Quanto ao caçula, as calças estavam curtas, a adolescência chegava e seu tamanho aumentava, por isso o zíper quebrado. Sem se importar, amarrou o cadarço de seu sapato e estava pronto.

Seguiram a caminhada enquanto seu Narciso contava histórias, lendas e arrancava gargalhadas da família, o que encurtava o percurso, enquanto dona Guilhermina seguia atenta, segurando o candeeiro para iluminar a trilha.

Chegando à casa de Lula, a família anfitriã os esperava.

— Boa noite, compadre, comadre.

— Boa noite. Vamos entrar. Fiquem à vontade.

— Vamos se acomodar porque já tem uma sopa quentinha esperando a gente.

Lula ficou encantado. Não conseguia afastar o olhar de Nobelina, ao passo que todos se cumprimentavam. Sentaram-se à mesa, comeram bem, tomaram café com batata doce da boa, enquanto Nobelina e Lula se cobiçavam.

— Pai, agora quero dar uma palavrinha.

— Fale, meu filho, pode falar.

— Eu convidei ocês aqui, pai, porque eu quero casar com a Nobelina. Seu Narciso, dona Guilhermina, eu quero pedir a mão de vossa filha em casamento.

— Mas é claro que a gente aceita, não é, mulher?

— Sim. Claro, claro.

— Então já quero marcar a data para o mês de maio.

— Eu concordo. O mês das noivas.

— Mas, meu filho, tá muito em cima. Por que tanta pressa? Não seria melhor se conhecerem por mais tempo?

— Desculpa, mãe, mas a gente já se conhece e não quero correr o risco de perder a mulher da minha vida.

— Sim. Eu concordo com o Lula. A gente não quer esperar muito, não.

— Então tá tudo certo. Faremos uma festa grande. Será meu primeiro filho a se casar. Vou mandar matar um boi e faremos uma festa de arromba... O meu presente será a casa da moradia de vocês, aqui perto da gente, nessa pequena propriedade vizinha, que recebi como pagamento de uma dívida, e a casinha tá lá vazia mesmo. Precisa só de uma limpeza. Tem até um pedaço de terra bom. Dá pra começar a vida. Só tem uma coisa, minha nora, o neto não pode demorar pra chegar não, viu?

Seu Zé da Penha falou sério, no entanto em um tom de brincadeira. Nobelina sorriu. Um certo silêncio pairou nesse momento e Lula desconversou oferecendo uma coalhada fria. Depois que todos tomaram, seu Narciso se pronunciou:

— Agora que tá tudo acertado, a gente vai embora pra pegar o clarão da lua, pois ainda tem umas léguas pra gente andar de volta. Mas voltamos todos contentes, podem ter certeza.

Despediram-se e seguiram caminho para casa. Seu Narciso e dona Guilhermina andavam e faziam planos para os preparativos do enxoval da filha. Enquanto isso, Nobelina seguia calada e pensativa, refletindo sobre como seria essa ideia tão nova em sua vida.

Os pais, sensíveis, perceberam a filha muito calada, sem participar do diálogo. De imediato, dona Guilhermina se pronunciou:

— Nobelina, o que foi? Tu tá tão quieta desde a hora que a gente saiu da casa do teu noivo.

— Ela tá com medo é daquelas horas, mulher. Fica assim não, filha. Tua mãe vai explicar tudo pra tu.

— Oxe, homem! Varei! Né isso não. Deixe de marmota!

— Que chilique é esse? A menina sai animada pra noivar e volta noiva e triste? Ocês tão querendo é me deixar abilolado. Vão endoidar outro.

Puxou o filho Chico, que já sorria, e seguiu na frente, encerrando a conversa. Dona Guilhermina seguiu atrás, em conversa com a filha.

— Mãe, casar pra mim já é muito. Não sei se eu quero filhos não..

— Filha, como é que pode tu ser tão deferente? Ter filho é bom demais. Um presente de Nosso Senhor. Se a mãe não tivesse caído naquele barreiro, eu já tinha tido mais uns cinco meninos. Eu não sei o que aconteceu comigo, filha, mas, depois daquela queda, nunca mais fiquei buchuda.

Seu Narciso olhou para trás:

— Bora! Acelera o passo, suas tartarugas.

— Tu tá vendo, mãe? Eu não quero ser tratada assim pelo meu marido.

— Ô, Nobelina, teu pai fala isso brincando.

— Oxe, diabo! Bora, mulher.

— Brincando, mãe?

— Sim. Por isso é melhor a gente acelerar o passo. Deixa a prosa pra depois, senão ele vai falar sério.

Chegaram em casa. Recolheram-se ao descanso, no qual o pensamento era impertinente, trazendo à mente planos e sonhos relativos aos preparativos para o casamento.

Nobelina acordou animada. Colheu alguns galhos de capim, fez uma bela vassoura e varreu todo o quintal, cantarolando e sorrindo. Depois, jogou milho para as galinhas, regou as roseiras, e, quando menos esperou, passos se aproximaram dela.

— Bom dia, minha noiva — falou o rapaz, segurando uma de suas mãos.

Em seguida, tirou do bolso uma aliança e a colocou em seu dedo.

Ela não esperava um gesto tão delicado daquele matuto grosseiro, ainda mais tão cedo.

— Nossa! Que lindo!

— Sim. Noivado tem que ter anel no dedo.

— Sim, Lula, estou encantada com o seu bom gosto e este gesto. Eu não esperava.

— A moça pensa que porque num estudei só sei cuidar de bicho e da roça?

— Não, não foi isso que quis dizer. Por favor, me desculpe.

— Entendo tu, meu amor. Você tá com medo. Fique tranquila. Vou fazer de tu uma princesa e as coisas vão ser do jeito que você quiser.

— Verdade? Promete que nunca vai me falar grosserias, assim como fala com os bichos?

— Sim, meu amor. Eu prometo.

— Promete que vai me ajudar nos serviços da casa?

— Sim, claro.

— Promete que não vai implicar porque sou professora?

— Claro que não.

— Promete que vai ser meu primeiro aluno?

A resposta de Lula foi um demorado beijo de amor.

— Nobelina! Ô, filha.

— Já estou indo, mãe. Vou mostrar pra mãe a minha aliança. Ela vai achar linda. Nos vemos à noitinha?

— Se tu quiser, eu venho ver tu outra vez.

— Quero. Eu quero sim.

— Até mais, então, meu amor.

— Até, meu noivo.

Nobelina seguiu sem dar as costas para o rapaz, mas tropeçou em uma galinha e sorriu até chegar ao encontro da mãe.

— Que foi, menina? Tá aí, toda se abrindo. Vigia aquele feijão que tu botou de molho.

— Sim, mãe... Mãe, acho que estou apaixonada.

— De novo, criatura? Tu disse isso do irmão desse moço, se lembra?

— Sim, mas esse é diferente. Ele é doce, simples, bom, amoroso. Mãe, olhe a aliança que ele me deu. Mãe, ele me beijou e foi muito bom. Senti uma coisa que nunca tinha sentido, que está durando até agora.

— Sentiu o quê?

— Uma emoção, mãe.

— Nobelina, eu só beijei um homem na minha vida todinha, que foi seu pai. E já faz tempo, num sabe? Então não sei diferença de beijo não.

— Ele me fez muitas promessas.

— Ô, menina, teu pai também já fez.

— Só que comigo é diferente, mãe, porque depois que for a mulher dele, caso não cumpra, eu o deixo, separo dele, simples assim, porque vou ser independente. Tenho minha profissão, mãezinha, essa é a diferença.

— Tu tem coragem de separar, menina? Teu pai te mata!

— Sim, mãe. Eu tenho coragem, se precisar. Mas não é o que eu quero. E se por acaso isso acontecer, eu também não vou voltar pra casa. Vou morar sozinha.

— Eita meu Deus, aí que teu pai te excomunga mesmo. Mulher separada morando sozinha... Nem pensar, isso não vai acontecer não. Vai dar tudo certo. Agora vamo trabalhar.

O sol estava se pondo no horizonte. Havia muitas vagens de feijão na varanda, já secas, prontas para serem batidas, catadas e colhidas do chão. Nobelina não gostava do serviço, mas, mesmo assim, fazia para ajudar a família. E assim o dia passou rápido.

Nem caia à noite, e Lula chegou de mansinho, e, mais uma vez, o encontro foi de paz; um bem-estar mútuo. Os olhos do casal pareciam possuir uma energia incomparável.

— Lula, ainda nem me arrumei. Desculpe, esqueci da hora. O dia passou muito rápido hoje.

— Não se avexe, não. Tu é linda de todo jeito.

Ela sorriu, deslumbrada.

— Nobelina, hoje fui lá ver a casinha que o pai deu pra nós. É aquela casa perto do pasto, logo ali, do lado do riacho. Aquela casa que tem umas lajotas de banda, sabe?

— A casa de alpendres com aquela mangueira gigante do lado?

— Sim, aquela mesmo.

— Nossa, aquela casa é muito bonita.

— Que bom que tu gosta. É a nossa casa agora. Já que tem a casa aguardando por nós, não vejo precisão da gente esperar pra chegar em maio do ano que vem. Vamos casar este ano ainda, no final do mês?

— Não, meu amor, acho bonito o mês das noivas. Vamos nos casar na primeira semana de maio, então. Além disso tem muita coisa pra arrumar.

Seu Narciso foi se achegando.

— Boa noite!

— Boa noite, seu Narciso. Vim trazer a aliança pra botar no dedo da minha noiva. Assegurar que é minha noiva mesmo.

— Pois fez muito bem.

— A gente combinou aqui e quero teu consentimento e de dona Guilhermina pro nosso casório ser na primeira semana de maio. O que o senhor acha?

— Tá muito bom. Tudo certo. Só vou precisar vender aquelas arrobas de inhame pra comprar o enxoval da Nobelina.

— Não precisa se preocupar, não. Vou alugar um carro e levo minha noiva e tua mulher em Campina Grande. Aí a gente compra tudo de uma vez só, bem ligeirinho. Eu também tenho um dinheirinho guardado. Sempre juntei. Num tinha onde gastar...

— Oxente, pois assim é muito melhor!

— Tá tudo certo, meu sogro. Tá melhor do que bom. Tá é bom demais da conta. Minha noiva, acerte com tua mãe, que nós vamos amanhã cedinho quando o galo cantar. A gente pega a primeira rural, que passa às cinco, e chega na hora que as lojas abrem.

Lula se despediu, animado e apaixonado.

Nobelina correu para contar tudo à mãe.

— Menina, só fui uma vez na cidade, já faz tanto tempo, acho que num sei nem andar lá mais.

— Mãe, isso não é problema. A gente pergunta e dá tudo certo. Vamos dormir, porque Lula disse que vai levantar na hora que o galo cantar.

— Nobelina, esse moço é muito bom. Num pode perder ele não, viu minha filha.

Campina Grande

A noite foi difícil. Nobelina sonhou com cada peça que adquiriria, fazia planos, remexia-se de um lado para o outro naquela rede apertada. O dia parecia não chegar. Levantou-se e logo separou a roupa que usaria. Dona Guilhermina também estava ansiosa. Além da emoção de comprar o enxoval da filha, havia o passeio na cidade grande. Tudo era uma novidade pra quem quase não saía de casa. Até mesmo os partos dos filhos foram feitos em sua propriedade, com a parteira Vitória.

No entanto, seu Narciso, ao contrário das mulheres da casa, odiava ir à cidade, e achou bom não ser incluído no passeio. Mesmo assim, estava contente, porque queria que a filha fosse feliz, e via nitidamente a alegria no olhar de Nobelina.

Lula foi outro que passou a noite acordado, andando do quarto para a cozinha, da cozinha para a janela, olhando o tempo para ver se amanhecia, já que não costumava usar relógio. Foi uma noite longa. Encostou-

-se na cadeira, então ouviu o primeiro canto do galo. Aprontou-se e saiu na varanda. O céu ainda estava escuro. Contudo, logo escutou a zuada da rural vermelha de seu Biu, que fazia muito barulho, acordando os vira-latas que dormiam na varanda.

— Bom dia, seu Biu.

— Bom dia, meu amigo.

— Vamos passar na casa do seu Narciso.

— Ele vai também?

— Não. Quem vai é minha noiva, Nobelina, e sua mãe, dona Guilhermina.

— Tua noiva? Oxente! E num era namorada do teu irmão até um tempo atrás?

— Foi, por pouco tempo. Ela num quis ele não. Agora vai ser minha mulher.

— Pois tá muito bem. Tu tá de parabéns. A moça é muito formosa e de boa família.

Seu Biu deu partida na rural e logo estavam na porteira do sítio do seu Narciso. Todos à espera. Seu Narciso cumprimentou Lula e seu Biu, e ajudou a mulher a subir no automóvel. Mas antes de fechar a porta, não esqueceu as recomendações:

— Minha filha, segure na mão de tua mãe. Num solte ela não, pra não se perder na cidade. Cuidado com a bolsa, segure debaixo do sovaco. Vão com Deus e com a Virgem Maria! Voltem antes de escurecer.

Seguiram viagem pela estrada de barro, com muitos buracos. E depois de algumas horas, chegaram ao centro da cidade de Campina Grande. Nobelina e dona Guilhermina entraram logo na loja de enxoval e escolheram roupas de cama, mesa e banho, roupas para a lua de mel e alguns utensílios domésticos. Escolheram tudo meticulosamente, com muito gosto e alegria. Enquanto isso, Lula foi a uma loja de móveis e comprou aquilo que era necessário: cama, guarda-roupa, mesa, cristaleira, sofá e um fogão à brasa. Assim, já estava feita a mobília também. Comprou tudo do melhor, quase acabando com todas as economias, mas não reclamou em nenhum momento. Solicitou que a loja entregasse o mais rápido possível na futura morada. Tudo certo, tudo pago, encontrou a noiva na loja ao lado, cheia de sacolas. Foram até uma loja de tecidos em seguida. Dessa vez, compraram tecidos para o terno e para o vestido de noiva, que a costureira esperava ansiosa. Era a tia de Lula, Filomena, uma costureira de mão cheia, quem fazia a maioria dos vestidos das noivas das redondezas, igualzinho como se via na revista "Manequim".

Ao fim das compras, deixaram tudo dentro da rural e Lula disse:

— Já que tá tudo pronto, bora forrar o buxo? Seu Biu, bora com a gente, homem, o senhor é meu convidado.

— Bora!

Entraram em uma bodega próxima à feira grande. Cada um comeu um caldo de mocotó com farinha da roça e tomaram cajuína. Em seguida pegaram a estrada de volta.

No caminho, as conversas giravam em torno dos preços, dos produtos, da qualidade e da beleza de tudo que haviam comprado. Lula estava ansioso mesmo era com a entrega dos móveis, que o vendedor garantiu que seria feita no dia seguinte.

Quando apontaram na porteira da casa, seu Narciso já esperava na porta.

— Mais que demora foi essa? Aconteceu alguma coisa? Compraram a cidade toda, foi? Deu tudo certo?

— Sim, meu sogro. A gente comprou tudo que precisava. Comprei até os móveis já. Chegam amanhã.

Dona Guilhermina e Nobelina entraram, e o seu Biu seguiu viagem, deixando Lula em casa.

Com a sensação de dever cumprido, Lula chegou satisfeito. Idealizava o momento do casamento, a vida de casado, a construção familiar e sua futura esposa, a mulher de sua vida. Tudo isso o fazia sonhar acordado, planejando, sentindo e suspirando a cada detalhe.

— Filho, é tu?

— Senhor. Oi, pai.

— Não foi na roça hoje, filho? O que houve de tão importante?

— Desculpa, pai. Eu acabei me esquecendo de lhe avisar. Eu fui com minha futura mulher e minha futura sogra fazer as compra pro casório, num sabe?

— Filho, essa moça tem é muita sorte de se casar com um homem bom como tu. Tu me deixa muito orgulhoso.

Lula se admirou com a fala do pai. Não imaginava ouvir. Sempre pensou que o homem não tinha admiração nenhuma por ele.

— Mesmo, pai?

— Sério, meu filho. Por quê? Não acredita que tenho orgulho de você?

— Sempre pensei que seus olhos só vissem o Joca, pai. Eu nunca quis ser como ele, estudioso. Sei como o senhor queria isso pra nós.

—Sim, filho, verdade. Queria vocês como administradores das terras, por isso sempre falei da importância de estudar, pra aprenderem aquilo que eu não sei. Só que fazer o que, não é mesmo? Filho homem, cada um escolhe seus caminhos. Dá aqui um abraço no pai que logo logo você vai ser um homem casado e nem aqui vai aparecer mais.

Emocionados, abraçaram-se.

— Pai, obrigado.

— Filho, hoje eu falei com o Joca, fui lá na venda e liguei pra ele. Precisava contar do teu casamento, já que ele também se engraçou por essa moça e ela o rejeitou.

— Sim, pai, eu sei.

— Pois bem, eu lhe confesso que estava muito preocupado com a reação do teu irmão. Mas fiquei tranquilo porque soube que ele tá namorando com a filha da proprietária da empresa em que ele trabalha, veja tu! Moça rica. Conheceu a moça em um congresso e está apaixonado, cheio de planos. Eu sabia que aquela história dele com Nobelina não passava de um capricho. Quem já viu um homem bonito, formado, bem-sucedido, se engraçar por uma matutona daqui?

— Pai, o senhor me desculpe, mas tá me aborrecendo. Num quero que ninguém fale assim da minha Nobelina. Até porque ela não é matutona não, viu? Ela agora é formada e tudo.

— Não?

— Sim, senhor. Ela é formada professora.

— Verdade, filho?

— Claro, e eu lá sou homem de contar mentira?

— Mas sou muito amigo do pai dela, e ele nunca me falou sobre isso.

— Ele num sabe.

— Não sabe? Como assim?

— É uma longa história, pai. Ela só vai contar depois do casório. O pai não queria que ela estudasse. Ele diz que lugar de mulher direita é dentro de casa, na cozinha, e não trabalhando fora. Bem, vamos dormir, pai. Amanhã a gente vai na casa de tia Filomena pra ela fazer as roupas do casório, quero tudo no capricho, tudo muito bacana mermo.

— Eita, filho! Tu tá feliz mesmo, não é?

— Sim, pai, tô mermo muito feliz. Achei a mulher dos meus sonhos, pai.

— Que seja, meu filho. Que seja mesmo.

— Eu num tenho nem dúvida, pai. Tenho certeza. A gente se gosta desde a primeira zoiada.

— Bom, agora que você me contou isso, só não entendo como essa moça, que você diz que é professora, se apaixonou à primeira vista por um sujeito que mal sabe escrever o próprio nome feito tu, filho.

— Pai, num basta só conhecer as letras pra conquistar uma mulher como a Nobelina, não. Senão ela tava com o doutor Joca, o mano Joquinha, não é verdade?

— É, sei lá. Vai saber.

— Pai, que conversa é essa agora?

— Desculpe, filho. Não quero te magoar. E também não quero que essa moça te magoe no futuro. Se ela é formada, será que vai aguentar viver com um sujeito como tu? Que vai continuar trabalhando na roça o resta da vida? Não quero que filho meu seja feito de corno.

— Pai! Que conversa mais besta.

— Sabe, meu filho, quando contei pro teu irmão Joca do namoro teu com a Nobelina, ele deu risada e disse que vocês foram feitos um pro outro mesmo. Tomara que ele tenha razão e que dê tudo certo.

Lula saiu da sala resmungando, chateado com os comentários do pai. Entrou em seu quarto, ajoelhou-se, rezou, e desabafou sozinho, aos pés da imagem de Nossa Senhora do Carmo, pedindo todas as bênçãos para o seu casamento.

A casa nova

No outro dia, logo cedo, Nobelina, animada, seguia para a sua futura casa, acompanhada da mãe, para uma boa limpeza. Enquanto Lula esperava a chegada dos móveis, logo a caçamba apontou na esquina. Assim que a avistou, o rapaz gritava e acenava. Primeiro desceu a cama, depois, o colchão, em seguida, o fogão, o armário, um sofá cor de vinho, um pote de barro, a quartinha, uma cristaleira, penteadeira e, por fim, o guarda-roupa. Estava tudo certo, como o noivo havia comprado. Um verdadeiro luxo e motivo de muita alegria.

Dona Guilhermina e Nobelina admiraram a cena.

— Tu vai ter tudo que merece. Até parece um sonho. Tudo coisa de gente rica, Nobelina.

— Mãe, nem acredito que vou ter cama e até um guarda-roupa. Como é lindo. Olhe a penteadeira, mãe. Não vou mais precisar me olhar naquele espelho quebrado. Mãe, tem um banheiro dentro de casa.

Dona Guilhermina abraçou a filha.

Casa limpa e arrumada, móveis nos lugares e todo o enxoval organizado. A data do casamento também havia sido acertada. Seria no segundo domingo do mês de maio. Nobelina a escolheu por duas razões. Primeiro, por ser o mês das noivas; segundo, por ser o dia em que se comemora o Dia das Mães. A noiva decidiu e para Lula estava decidido; ele nem sequer questionava.

O casamento

Os dias foram passando entre a vida normal e corriqueira, e os preparativos para o casamento. A casa já toda arrumada, e os vestidos da noiva e da mãe finalizados. A costureira, dona Filomena, era sempre muito pontual. As provas já haviam sido feitas, logo a entrega ocorreria no tempo determinado.

O terno do noivo, por outro lado, não poderia ser feito no mesmo lugar, já que não queriam correr o risco de um ver o outro. Isso fazia parte de suas crenças, como motivo de azar, por isso Lula preferiu mandar o seu Inácio fazer a roupa dele, que, a essa altura, já havia recebido. O casal e as famílias decidiram que a cerimônia ocorreria na paróquia Nossa Senhora do Carmo, ali mesmo, na cidade. Quanto à recepção, aconteceria na propriedade de José da Penha, que, quebrando a tradição, fez questão de oferecer.

Após tantas expectativas, era chegado o dia tão sonhado. Depois de muitos planos e medos vencidos, che-

NOBELINA 125

gou o dia doze de maio, dia da cerimônia, que consagrava a união dos jovens Maria Nobelina da Silveira e Luiz Antônio da Silva Brito.

O sermão foi do padre Salomão, conhecido na região pela beleza de sua oratória. O casamento havia sido marcado para as quatro da tarde, e todos estavam presentes, inclusive Joquinha, que viera de São Paulo, acompanhado da sua noiva, uma modelo fotográfica, que estrelava um comercial exibido na Rede Patrocínio, um canal de TV aberta, ao qual apenas uma parte da população tinha acesso, afinal para se ter televisão era necessário possuir boas condições financeiras.

A igreja estava encantadora, toda decorada por dona Guilhermina, com as flores que ela mesma colhera em seu jardim. Tudo feito com orgulho e muito amor para esse momento tão especial.

Lula estava nervoso, à espera da noiva, mas, quando o relógio bateu 16h08min, ela apontou na porta da igreja, com seu braço entrelaçado ao do pai, seu Narciso, que sorria, e em cuja face uma lágrima escorria pela emoção de ver a concretização do seu sonho de entregar sua filha aos braços de um bom partido.

Todos estavam prontos para ouvir a cerimônia.

O padre discursou por uma hora, deixando os convidados cansados e os noivos descabelados. Porém finalmente chegou a pergunta tão esperada:

— Luiz Antônio da Silva Brito, você aceita Maria Nobelina da Silveira como tua legítima esposa, amando-a e respeitando-a, na saúde e na doença, na riqueza e na pobreza, até que a morte os separe?

Lula tossiu, secou o suor do rosto e respondeu:

— Sim, senhor. É tudo o que mais quero.

— Maria Nobelina da Silveira, você aceita Luiz Antônio da Silva Brito, como teu legitimo esposo, amando-o e respeitando-o, até que a morte os separe?

— Sim, senhor. Eu prometo.

— Que sejam felizes até que a morte os separe.

Os noivos foram cumprimentados, e, sem demora, os convidados dirigiram-se para a recepção na casa do seu José da Penha, que havia matado um bezerro e esperava todos com um churrasco e muita festa. Nobelina jogou o buquê, como manda o costume, e por ironia do destino ou não, quem o pegou foi a atual noiva do Joquinha, que feliz abraçou-o, festejando o ocorrido.

Enquanto a festa corria solta, os noivos, de mãos dadas, entre beijos e abraços, seguiram à luz da lua cheia, ouvindo o som dos animais, que juntos festejavam o amor. Aqui e ali, um pedaço do véu espalhado ficava engalhado entre as árvores.

Apesar de perto, foi uma difícil caminhada até a casa, mas feliz, ambos se divertiam com as roupas presas entre um arbusto e outro, Nobelina com os sapatos nas mãos.

Assim que chegaram em casa, Lula não poupou as declarações e juras de amor eterno. E como ele imaginava que fosse a tradição, não tardou em carregar a mulher nos braços até a cama nova, intacta até aquele momento.

Nobelina sentiu pela primeira vez o prazer das caricias de um homem carinhoso, paciente e muito apaixonado, enquanto as molas faziam aquele som que parecia o ranger de uma porteira.

Rotina

Afinidades de amor, descobertas, atrações e comunhão, prosseguiram por muitos dias, mesmo quando a rotina do dia a dia se impôs na vida do novo casal.

Lula seguia para o trabalho, como de costume, e Nobelina, como uma boa dona de casa, entre a leitura de um livro e outro, cuidava de seus afazeres, preparava as refeições, para então Lula chegar feliz e satisfeito, e mais uma vez se amarem. Tudo parecia um sonho.

Alguns meses depois, Lula chegou em casa e percebeu a mulher um tanto cabisbaixa, diferente dos dias iniciais.

— O que foi, mulher? Tô achando tu muito calada.

— É que já se passaram alguns meses que a gente tá aqui, casados. Tá tudo bem, mas preciso honrar minha profissão. Mas antes disso, seria bom eu treinar, e você tinha prometido ser o meu primeiro aluno, lembra? Podíamos unir o útil ao agradável. Como uma professora que tanto ama ensinar, posso te ajudar a corrigir um pouco o vocabulário. E começo a treinar minhas aulas, e você aprende a falar melhor e a escrever.

— Tu ia gostar mais se eu dissesse tudo certo e fosse um moi de mentira, num é mesmo?

— Não, homem. Entenda, não é isso. Tu esqueceu o que falou quando nos conhecemos? Que seria meu primeiro aluno? Pelo amor de Deus. Me entenda. Preciso que me ajude.

— Num consigo entender, não. Tu num tá feliz vivendo com eu? O que aconteceu? Tá faltando o que pra tu aqui em casa?

Lula estava alterado, aborrecido e surpreso. Não conseguia entender a importância que tinha as letras para a esposa. Acreditava que seu amor e o conforto que ofertava seria tudo na vida da moça. Pensava que, com o passar do tempo, suas opiniões mudariam, mas não foi assim. Lula fez menção de sair para o roçado, abandonando a conversa sem uma conclusão, não sabia mais o que dizer e não queria contrariar a esposa. Também não queria voltar atrás com a palavra que tinha dado, antes do casamento. Mas definitivamente, não estava nem um pouco com vontade para estudar ou prolongar aquele assunto. Sua cabeça parecia à beira de uma explosão.

Nobelina falou pacientemente:

— Meu amor, volte. Precisamos continuar essa conversa.

— Mais tarde! À noite a gente continua essa conversa. Vou trabalhar e enquanto isso vou pensando.

Nobelina ficou a tarde inteira a procurar uma forma de convencer o marido a estudar; uma forma de fazer despertar naquele homem um pouco do encanto em adquirir conhecimento, e a independência que somente o conhecimento era capaz de proporcionar. Ou que, pelo menos, ele se alfabetizasse. Enquanto pensava, fez um delicioso jantar: a canja de galinha que ele amava.

No comecinho da noite, ouviu-se de mansinho as pegadas e assovios cantarolando.

— Amor, é você?

Silêncio.

— Amor... — Nobelina aproximou-se dele. — Vai fazer greve agora comigo? Tá mudo?

— Acho que é melhor ficar calado pra não levar bronca. De uns dias pra cá tu deu de ficar me corrigindo.

— Lula, não fique magoado comigo. Tu sabe que lhe amo. E é para o seu bem.

Nobelina beijou-o com paixão, fazendo-o se esquecer do aborrecimento por completo e se entregar aos seus braços. Depois do amor, tomaram um banho gostoso de água gelada da cacimba para refrescar o calorão. Nobelina seguiu para a cozinha, Lula ficou no quarto.

— Venha à mesa, está posto o jantar.

Lula seguiu à mesa de jantar, com uma toalha branca amarrada na cintura e Nobelina achou aquilo tudo muito bom e sensual.

— Que cheirinho bom!

— Fiz tua janta preferida, meu amor.

Depois do jantar, foram contemplar a natureza do lado de fora da casa, enquanto o sono ainda não chegava. Foi quando Nobelina achou apropriado retomar o assunto dos estudos.

— Lá vem tu de novo, mulher. Essa prosa outra vez.

— Tu me prometeu pensar. Só quero saber tua decisão, meu amor. Por favor, por mim.

— Tá bom. Eu vou estudar. Vou ser teu aluno. Pronto.

— Sério? Não acredito. Eu amo muito você! Logo, logo irá ler e escrever. Tu vai ver, é muito simples, e tu é bastante inteligente. Vai aprender rapidinho.

— Será mesmo?

— Claro, meu amor.

— Vamos ver, né?

— Quando podemos começar?

— Oxente! Quando tu quiser.

— Bom, amanhã pretendo visitar meus pais. Desde que nos casamos, não estivemos com eles, e o tempo passa rápido. Sinto saudade da mãe e preciso conversar com o pai. Além de sentir falta do meu irmão também, me preocupo com ele.

— Sim. É verdade. Vamos lá amanhã de tarde, então. Tá certo?

— Sim, meu amor. Espero tu pra irmos juntos. E na semana que vem a gente começa os seus estudos.

O sol estava quente. Lula arrumou a charrete, deu água para o cavalo, e seguiram adiante. Nobelina se achava quieta, a barriga parecia esfriar; não sabia a reação do pai quando contasse que mentira durante tanto tempo. Lula sentiu um pouco de aflição por sua companheira. Segurou sua mão e falou firme:

— Calma, meu amor. Vai dar tudo certo.

— Sim. Eu espero.

O caminho parecia mais distante, e o tempo não passava. O coração batia forte a cada légua vencida.

Seu Narciso e dona Guilhermina ficaram surpresos e felizes ao ver Nobelina. Já fazia meses que não se viam. Nobelina abraçou o pai, em seguida o irmão caçula e, por fim, a mãe.

— Filha, parece que faz anos que num te vejo. Tu tá até mais bonita, menina.

— Sim. É verdade, mulher. Nossa filha tá mais bonita mesmo.

— Nossa, que saudade eu tava de vocês.

Com uma gargalhada estridente, seu Narciso falou:

— Tenho certeza que de mim tu sente é alívio de tá longe, num é não, filha?

— Não, pai. Deixe de conversa. Não é bem assim. Temos muitas diferenças, só que o senhor é meu pai. Aprendi com a mãe, e o senhor soube impor muito bem, que filhos têm obrigação e dever de respeitar. É por esse respeito que também quis muito vir até aqui hoje, pai, pois tenho um assunto sério pra contar pra vocês. Espero, sinceramente, que o senhor não se aborreça comigo e aceite.

— Oxente. Que diabo de assunto é esse? Fala logo duma vez que já tô ficando nervoso.

— Pai, o senhor lembra que não me deixava ir pra escola, e até me proibiu de continuar meus estudos?

— Sim, me alembro. E daí?

— Não obedeci ao senhor. Continuei meus estudos em segredo, pai, e me formei professora.

— A coviteira de tua mãe lhe ajudou a esconder tudo, né, filha?

— Pelo amor de Deus, pai, não brigue com a mãe. A culpa foi toda minha.

Nobelina estava aflita e os olhos lacrimejavam.

— O bom é que cês duas achava que tava enganando o velho aqui, num é? Cês pensam que eu sou bobo. Que eu não ando por aí não. Que esse povo não comenta as coisas?

— Então o senhor já sabia?

— Claro, né, filha. Teu pai num é nem um bestão, não, como cê pensa. Eu posso até ser caipira, mas num sou besta, não.

— O senhor aceitou calado, então? Nunca falou nada. No fim das contas era o senhor que estava me enganando...

— É filha, eu não sei se tava te enganando ou me enganando...

Deixou-se abraçar, contudo não estava satisfeita. Agora havia ficado ainda mais decepcionada com o pai. Seus pensamentos davam voltas na cabeça, enquanto dona Guilhermina servia café com bolo de batata doce.

Quando retirou o resto do café da mesa e seguiu para a cozinha, Nobelina foi junto, recolhendo a louça suja com o intuito de comentar com a mãe sobre a atitude do pai.

— Mãe, tu viu isso?

— Sim, menina, eu vi. Foi bom que deu tudo certo, né?

— Não, mãe, não é bem assim. O que o pai fez é um absurdo. Quanto tempo passei com medo, coagida, fazendo o que mais gosto escondida!? Como se estivesse fazendo algo errado. Mãe, não consigo acreditar que ache essa atitude dele normal.

— Mais filha, e a tua, de mentir pra ele, era normal? Tá tudo certo filha.

— A senhora é maravilhosa, a melhor mãe do mundo. Amo tu. Não vamos mais falar sobre isso.

As duas retornam à sala, na qual Lula e seu Narciso davam boas risadas, sobre os mais variados assuntos. Assim que Nobelina se sentou, no entanto, seu Narciso falou sem pensar:

— Filha, agora que é professora, cuida logo pra ter uma penca de filhos pra dar aula pros pirralhos logo, né não?

Enquanto ele gargalhava, Nobelina tentou sorrir. Em momentos como esses, quando via a grosseria e ignorância do pai, achava que ele fazia de propósito para a irritar, chegando inclusive a duvidar de seu amor por ela. Assim, respirou fundo antes de responder:

— Não, senhor. Não pretendemos ter filhos agora, pai. No próximo ano vou trabalhar fora. Serei professora no grupo escolar do município, onde vou poder realizar uma boa parte do que sempre sonhei, que é ensinar, ajudar as pessoas a ter oportunidade na vida de escolher o que querem ser. Ensinar um pouco do meu saber, mostrar que nada é impossível quando a gente quer. Entende?

— Oxente! Tu é meia abestada, viu. Vê lá se seu marido vai aceitar uma coisa dessas, mulher que trabalha fora. Quem já se viu, Nobelina, deixar de cuidar de tua casa, de ver seus meninos chegando. Quem vai fazer o almoço e a arrumação da casa?

— Acho que essa conversa já foi muito longe, pai, vamos parando por aqui, pois quem decide as coisas lá na nossa casa, somos nós, e só nós. O senhor pode decidir as coisas aqui, na sua casa, na nossa não!

Seu Narciso não perdeu a oportunidade:

— Então, se é assim, cês já podem ir embora da minha casa. Eu quero mesmo ver no que vai dar esse casamento moderno, num sabe?

— Está bom, pai, obrigada. O senhor vai ver, sim. Vai dar tudo certo.

Despediram-se e seguiram de volta para casa. Nobelina, muito aborrecida com o pai, não parava de falar no assunto.

— Meu pai é um grosso. Ele não gosta de mim, não tem condições, como pode isso? Tu viu? Ele fica feliz em falar as besteiras que fala. Até com tu foi um ignorante. Coitada da mãe. Essa não consigo entender, ainda diz que é feliz com um homem desse.

— Calma, meu amor. Tu num vive mais com teu pai. Ele não manda mais em tu, agora só é nós dois. Eu tô do seu lado. Quero tu feliz. Desmanche essa cara triste e me dê cá um abraço, chegue.

Nobelina pareceu mais contente. Lula falava o que seu coração desejava ouvir. Seu esposo era um verdadeiro sonho. Apesar de seus gestos se contradizerem com sua ignorância, realmente era um conhecedor de emoções, alguém fascinante, o que deixava Nobelina ainda mais apaixonada. Mesmo assim, durante todo o caminho de volta, seu Narciso foi o assunto, até o momento em que chegaram em casa, num clima romântico de descontração, o casal seguiu logo para o quarto.

Confusão na roça

O fim de semana transcorreu tranquilo, entre leituras de Nobelina, afazeres de Lula pela casa, afim de sempre melhorar alguma coisa, e entre uma refeição e outra, algumas idas ao quarto, ora para um cochilo, ora para amor e por muitas vezes, as duas coisas.

Na segunda-feira, bem cedo, enquanto o cheiro de café fresquinho arborizava a casa e os dois se encontravam à mesa posta, Nobelina perguntou, quebrando o silêncio:

— Meu amor, podemos começar as aulas hoje?

Lula respirou fundo. Por um momento, pareceu que se exaltaria, por fim, falou:

— Sim. Podemos.

Nobelina se debruçou sobre a mesa, abraçando-o.

— Obrigada, meu amor. Sei que tá fazendo isso por amor a mim, mas saiba que minha insistência é por amor a ti. E no fim das contas, você vai ver como vai ser bom.

Beijaram-se carinhosamente. Porém, de repente, Lula levantou-se apressado e falou:

— Bom, depois a gente vê isso então. Tô muito atrasado. Mais tarde a gente estuda, e namora.

— Tudo bem, querido. Estou te esperando.

Lula seguiu pela roça, resmungando sozinho:

— Arra! O que o diabo de um homem num faz pra agradar a mulher!? Agora vou aprender a ler depois de velho.

Perdido em seus pensamentos, Lula, de repente, deparou-se com o sogro, seu Narciso.

— Oxente, homem! Deu pra falar sozinho agora?

— Nada disso, meu sogro. Tava pensando alto, ou melhor, falando com meus botão.

Quando seu Narciso ia dizer alguma outra coisa, ouviu-se uma barulheira entre outros trabalhadores um pouco mais à frente. Não dava para ver quem eram, devido à distância.

— Que diabo de zoada é essa? O senhor tá escutando, meu sogro?

— Sim. Parece briga.

— Oxente! Vamos correr!

Os dois disparam entre as plantações. Chegando no local da gritaria, depararam-se com Zeca e um dos trabalhadores agarrados numa briga serrada. Enquanto isso, em vez dos outros homens apartarem, ficaram na torcida para ver quem sairia vencedor. De longe, escutava-se a gritaria:

— Vai, marica! Mostra se é homem mesmo!

— Vai, capitão!

Lula e seu Narciso, nervosos e preocupados, reclamaram e apartaram os dois, tentando pôr um fim naquela confusão. Sentaram-se no chão, passando as mãos nos ferimentos e olharam-se assustados, um desafiando o outro. De um lado, Zé de Cazuza exclamava:

— Venha se é macho mesmo!

Do outro, Zeca bravejava:

— Venha tu! Tô esperando! Vou quebrar o resto dos teus dente.

Lula retrucou:

— Seus bestão! Pare de besteira! Num quero mais saber de briga aqui. Senão, vão ficar desempregado os dois. Eu num tô de brincadeira, não!

Os rapazes pareciam ter escutado Lula. Ambos se levantaram, sacudiram a poeira e seguiram, cada um para um lado, em direção ao trabalho. Lula foi atrás do irmão.

— Mano, volta aqui.

— Fala.

— O que tá acontecendo? Tu num é de tá brigando.

Por um longo período, Zeca ficou em silêncio, de cabeça baixa, enquanto Lula esperava.

— Já tô ficando de saco cheio. Esses bocó fica o tempo todinho chamando eu de boiola, marica, moça da casa... Num tô mais aguentando, não. Perdi a cabeça. Dei uma sova nesse moleque. Vai passar um bom tempo sem me aperrear.

NOBELINA 143

— Preciso saber uma coisa. O que é que tu me diz?

— Oxe! De quê?

— É verdade? Isso que dizem de tu, é verdade? Pode falar, mano.

— O que isso muda? Vou deixar de ser teu irmão?

— Não corra da prosa. Quero ajudar.

— Ajudar como, mano? Num tem o que fazer, não.

— Então é verdade?

— Não é nada disso, mano. Porque eu num gosto de futebol, nunca tive mulher, nem tenho vontade, nem em pensamento, não gosto de ir na casa da Noca com o pai, essas coisas... Ficam falando isso. Eu gosto mesmo é da roça, mas...

Lula, porém, não desistia, continuava argumentando:

— Mas... Vai passar, tu vai ver. Uma hora tu se interessa por alguém. Alguém que tu tenha vontade mesmo de amar. Se tu quiser, posso pedir pra Nobelina te apresentar aquela moça lá da vila, a Ritinha, é uma formosura, tem mais ou menos a tua idade. Vou te ajudar a conquistar ela. Tenho certeza que tu vai gostar da moça.

Zeca abaixou a cabeça, sabia que não era tão simples assim. Até gostaria de continuar a desabafar com o irmão, mas desistiu.

— Tá bom, mano velho, obrigado. Tu ajudou muito eu. Num vou dar ouvido pra esses pião, não.

— Ta aí, mano velho. É assim que se diz.

Abraçaram-se e seguiram cada qual o seu rumo. Lula, otimista e preocupado, não deixou o irmão concluir seus desabafos, no fundo, tinha medo do que poderia ouvir. Do outro lado, Zeca, pensava triste, culpava-se, sua infelicidade quase o consumia.

Naquele mesmo dia, logo no começo da noite, estava certo sobre o que fazer.

No dia seguinte, durante o café da manhã, antes que o pai questionasse o ocorrido na roça, pronunciou-se:

— Bênção, pai. Bênção, mãe.

— Deus te abençoe, meu filho! — responderam em uma só voz.

— Pai, mãe, tomei uma decisão. Vou aceitar o convite do primo Paulo. Vou trabalhar uns tempos nas terras dele lá nas Minas Gerais.

Os pais ficaram surpresos.

— Meu filho, tem certeza disso? Lá na fazenda há muito serviço pesado. Eles estão no começo. Pense bem, aqui é tua casa, isso aqui também é teu.

— Sim, meu filho. Teu pai tem razão. Somos uma família. Tudo isso aqui é pra vocês.

Zeca se encheu de emoção. Com os olhos brilhando, abraçou-os.

— Pai, mãe, eu sei disso, mas eu sou o único filho que nunca saiu das asas de vocês. Agora eu tô precisando entender umas coisas na cachola. Vou só passar um tempo.

Prometo voltar logo. Vai ser bom pro primo, que tá precisando de ajuda, e bom pra eu também que não aguento mais esses pião daqui.

O pai se rendeu à decisão do filho, sobretudo porque aprendera com seus próprios pais uma frase que se fazia presente em sua lembrança: "Filho a gente cria para o mundo".

— Se vai ser melhor pra tu, meu filho, se é isso mesmo que quer...

— Quando tu pretende ir, filho?

— Hoje mermo.

— Hoje?

— Deixa, mulher. Ele tem razão. Vá, meu filho. Quando quiser voltar, aqui é tua casa. Teu pai e tua mãe estarão aqui. Esta casa também é tua, tu não se esqueça disso. As portas e nossos corações estarão sempre abertos pra lhe receber.

Zeca, surpreso com tantas palavras de carinho do pai, sorria e chorava, comovido.

— Brigado, pai, mãe. Vou arumar a mala.

Zeca seguiu, e, enquanto isso, Lula passou na casa dos pais para chamar o irmão para o roçado.

— Ô de casa. Bênção, pai. Bênção, mãe.

— Deus te abençoe, meu filho. Tudo bem?

— Sim, mãe. Tudo na santa paz. Cadê o mano? Ainda dorme, esse marmanjo?

— Não, filho, já tá acordado. Foi arrumar as malas.

— Arrumar as malas? Oxente! Por quê?

— Decidiu ir passar uns dias na fazenda do primo Paulo, dar uma força por lá e aproveitar pra entender umas coisas na cachola, como diz ele.

Zeca foi chegando, arrastando as malas. Lula, espantado, perguntou:

— Então é verdade, mano, tu vai embora mermo?

— Sim, verdade. Mas não é pra sempre, não. Eu vou passar uns tempos pra lá.

— Mas, mano...

— Já decidi, mano. Fica tranquilo. Vai dar tudo certo. Dê cá um abraço, que seu Biu da rural já tá chegando aí.

Todos se abraçaram, despedindo-se, e Zeca seguiu o destino, rumo ao encontro consigo mesmo. Precisava de um tempo longe de todos os olhares que o reprimiam e lhe impediam de se conhecer.

Nos dias que seguiram, a roça estava em silêncio, sem chacotas, gargalhadas, olhares e nem assovios. Esse silêncio fez Lula perceber as diferenças e os incômodos que o irmão sentira por toda a vida. Lula ficou reflexivo por um tempo, em meio às observações que fazia mentalmente, mas logo desabafou em tom sarcástico:

— Oxente! O que cês têm hoje? Perderam a alegria? Cadê as rinchadas de todo dia, hein? Tão tristonhos? Perderam o quê? Bora! Num é tudo machão aqui, bora trabalhar? Fale aí!

Seu Narciso chegou e ouviu o que o genro falava. Teve receio de que aquele desabafo terminasse em uma grande confusão. Mas não foi o que aconteceu. Todos se levantaram e seguiram para seus afazeres.

No fim do dia, Lula seguiu para casa, aborrecido, triste e chateado com tudo o que acontecera no decorrer daquele dia. Percebia que, de alguma maneira, não era só ele que sentia falta do irmão por ali. Estava tão absorvido pelos pensamentos no irmão, que se esqueceu do compromisso marcado com a esposa. Ela, que não sabia o que estava acontecendo, o esperava com tudo pronto, ansiosa e feliz à espera do marido no jardim. Quando olhou para a estrada, viu Lula vindo antes do horário esperado.

— Oi, meu amor — falou Lula, desanimado.

— Não sabia que estava tão ansioso por esse dia, querido. Não se preocupe. Já está tudo pronto. Quer tomar um banho antes? Eu te espero aqui na mesa.

— Do que tá falando, mulher?

— Como assim? Hoje é seu primeiro dia de aula. Eu deixei tudo pronto.

— Minha Nossa Senhora do céu! Mulher, minha cachola tá cheia de problema, não apoquente eu com esse assunto não. Num tenho juízo pra isso hoje, não. Meu juízo é igualzinho a um cordão. Qualquer hora se tora.

E saiu falando sozinho. Foi tomar um banho de cacimba para esfriar a cabeça. Nobelina ficou frustrada; as lágrimas desciam enquanto caminhava pelo jardim. Não sabia ao certo o que acontecera com o marido. Não teve desejo de fazer o jantar, muito menos de comer naquela noite. Tomou banho, apagou a luz do candeeiro e foi se deitar. Lula, que cuidava dos bichos lá fora, sentindo fome, pensou que encontraria a mesa posta como de costume, mas não fazia ideia dos sentimentos de Nobelina naquele momento. Tão logo chegou, deparou-se com o vazio, silêncio e pouca luz.

— Oxente! Num tem comida hoje não? Cadê a mulher? Nobelina!

Nobelina escutava quietinha na cama. Fingia dormir e não respondia. As lágrimas ainda escorriam de seus olhos, molhando o travesseiro de palhas. Lula a procurava pela casa. Por fim, entrou no quarto e acendeu o candeeiro.

— Oxe, já tá dormindo, mulher? Nem esperou eu? Meu Deus! Que diacho deu em tu hoje? Tudo isso por conta do estudo? Amanhã prometo que estudo com tu. Hoje meu dia foi brabo. Meu mano brigou na roça e foi embora de casa. Eu tô muito aperreado com isso. Me desculpe. Não pensei em tu. É verdade.

Nobelina escutava calada. Não sabia se abria os olhos ou se mantinha aquela postura. Estava assustada com a conclusão de que nunca conseguiria mudar os conceitos e desejos do marido. Lula se deitou, abraçou-a e, ali mesmo, adormeceu, sem fazer a refeição.

Pela manhã, o café estava pronto e o cheiro de bolo quentinho saía das brasas do moderno fogão. Estava tudo pronto.

Lula se aproximou, atraído pelo cheiro.

— Meu amor, passou a raiva de eu?

— Está tudo bem, Lula. Quando decidir começar os estudos, você me avisa. Estou com o material pronto.

— Hoje. Hoje mesmo. Vou chegar mais cedo e nós começa. Tá bom assim?

— Sim. Tudo bem.

Alfabetizar Lula não seria fácil, pois, além do vínculo afetivo, ele não tinha desejo de aprender, apenas aceitava a imposição de sua esposa por amor. Além disso, o dia parecia não passar. Chegou a tarde e Nobelina esperava Lula com ansiedade. Mais uma vez, cheia de expectativas, não tirava os olhos do portão.

Quando Lula chegou, estava suado e cansado, mas seu banho se encontrava pronto, a roupa separada para o uso e o jantar à mesa; tudo como dona Guilhermina ensinara ao fazer Nobelina crescer assistindo esse tratamento com seu pai. Apesar de tantas críticas aos costumes, era involuntário o aprendizado. Chegou sorridente perto do marido.

— Oi, amor.

— Oi, mulher. Não precisa fazer essa cara. Tô lembrado, sim.

— Sim. Hoje começam suas aulas. Pra não dizer que isso é distração, preparei seu banho, as roupas e nosso jantar.

— Então vou cuidar, que tô com o bucho colado na costela. Pra estudar tem que tá de barriga cheia, né? Se não não consegue aprender.

O início das aulas

Até mesmo o tempo do banho de Lula foi demorado. Nobelina nem sequer quis jantar; justificou-se dizendo estar sem fome; esperava Lula na sala. Após tomar banho, trocar-se e jantar, ele aproximou-se, beijando a esposa.

— Pronto, professora, tô aqui!

— Que bom, meu amor. Vamos começar com as letras do alfabeto. Preciso saber o que você conhece para darmos início aos estudos.

— O que é o alfabeto?

— Então, acho que vou te apresentar a todas as letras, separando as consoantes e vogais.

Foram duas horas de aula: explicações, repetições e sem grandes aproveitamentos. Nada fácil. Lula bocejava. Nobelina achou melhor parar e dar continuidade no dia seguinte para não forçar muito.

— Tudo bem, meu amor. Por hoje é só. Não vou te passar tarefas, mas na próxima aula haverá exercícios sobre tudo o que vimos hoje.

— Nossa Senhora do céu, mulher! É muita coisa.

— Fique tranquilo. É porque é o começo. Depois vai ficar mais fácil, você vai ver.

— Tá bom, se tu tá dizendo, eu acredito. Agora vamos dormir.

— Sim, vamos.

Lula caiu em um sono profundo, abraçado ao seu amor. Enquanto isso, Nobelina estava com a adrenalina a mil. A cabeça não conseguia relaxar. Era uma mistura de alegria, ansiedade, preocupação e planejamento.

Nobelina acordou cedo, cuidou dos afazeres de casa e tomou o café matinal com o marido. Ele seguiu para o roçado, e ela, o acompanhou.

— Meu amor, vou seguir com tu. Preciso ir ao grupo escolar. Tenho um assunto com a professora Marlene. Ela mandou um recado por Chico, meu irmão, dizendo que precisa me ver.

— Tá certo, então. Mas num demora pra voltar, não.

— Hoje tu terá tua segunda aula. Eu estou muito ansiosa.

— De novo?

— Sim, tem que ser todos os dias pra não perder o ritmo.

— Tá certo! Tá certo! O que tu num pede chorando que num te faço sorrindo?

Lula ficou no roçado e Nobelina prosseguiu a caminhada em direção ao grupo escolar. Seguia pensando, refletiu e planejou: agora tinha um novo sonho, o de colocar em prática seu aprendizado, compartilhar, honrar o mérito. Chegou tão rápido que nem sentiu a distância. A professora Marlene a aguardava na porta e logo indagou, assim que a viu:

— Olá, querida. Como vai?

— Tudo bem, mestra. Já sei, o meu certificado tá pronto, não é?

— Sim, também é isso, mas tenho outro assunto pra falar.

— O que houve? Algum problema comigo?

— Não, não, minha querida. Está tudo certo, tanto que mexi os pauzinhos e consegui que a vaga de professora substituta fosse preenchida por ti antes mesmo do tempo esperado.

— Não... Não pode ser! Sério? Não acredito! Verdade?

— É sério, sim, mas e quanto ao Lula? Ele vai permitir?

— Claro, ele me ama. Faz qualquer coisa pra me deixar feliz.

— Que bom, querida, porque não é sempre que os homens abrem mão dos seus interesses, suas necessidades, pra fazer feliz a mulher. O machismo em nossa sociedade é muito evidente. Como sou mais velha, sei muito bem o que vai ter que enfrentar pra realizar teus desejos, planos e objetivos. É preciso muito foco e sabedoria.

— Por que fala assim?

— Porque tive tua idade, já estive começando, e até hoje, quando penso em um novo projeto, preciso enfrentar primeiramente Doca, meu marido. Ou acha que foi fácil estar aqui hoje, cuidando da escola, sendo a única professora? Nós seremos a diferença, querida. Vamos dar as mãos e juntar nossas forças. Juntas será mais fácil sermos vencedoras.

— Pode contar comigo, professora. Juntas, vamos levar muito crescimento para essa redondeza. Mostraremos para todos que com livros, leitura e busca por conhecimentos se ganha asas. Através disso, podemos escolher o que queremos do futuro. Não é isso?

— Sim, sim. Isso mesmo. Com certeza.

— Agora, se me permite, preciso ir, professora. Vou aguardar a data pra começar os trabalhos.

— Será breve. Tenho certeza de que o prefeito irá me apoiar. Obrigada, querida.

— Não entendi, professora. O prefeito vai lhe apoiar?

— Sim, você vai entender mais adiante.

Despediram-se. Nobelina saiu radiante, porém, pensativa, caminhando para casa a planejar a hora certa de contar a Lula, pois nada poderia atrapalhar seus ensinamentos a ele. Ainda no caminho, encontrou o marido, que também seguia para casa.

— Eita, mulher. Que bom que a gente se esbarrou aqui, né? Conta como que foi lá com a professora. Que diacho ela queria com tu?

— Foi tudo bem. Ela só queria entregar meu certificado e conversar comigo, nada demais. Tõ louca pra chegar em casa, preparar o jantar e depois seguir pra sua segunda aula.

Rapidamente, Nobelina retirou a mesa do jantar e substitui as louças por cadernos, livros e lápis.

— Bem, abra teu caderno. Está vendo essas linhas pontilhadas? Tu vai contorná-las com este lápis sem sair dos pontos. Faça caprichado. Quero ver tua coordenação motora antes de qualquer outra coisa.

— Mais que diabo é coordenação motora?

— É o controle que temos sobre nossos movimentos.

— Oxe, mas isso é uma besteira mermo. Eu sou acostumado é a montar em toro brabo.

Nobelina, pacientemente, mostrou a Lula como segurar o lápis grafite e ensinou como passá-lo por cima do pontilhado que formava a primeira letra do alfabeto.

— Só isso? Me dê pra cá! Vou fazer rapidinho!

Infelizmente, não foi bem assim. As mãos de Lula não se mostravam totalmente dominadas. Ele segurava o lápis com muita dificuldade, e unir os pontilhados era complicado. Dar seguimento ao formato da letra "A" parecia impossível. Para ele, foi uma surpresa. Apagava e tentava acertar. Não aceitava o fato de não conseguir. Não tinha coordenação motora nenhuma. Ficou indignado.

— Diacho! Num acredito nisso, não. Um troço tão simples e num consigo.

— Calma, querido. Vamos devagar. Essa foi sua primeira tarefa. Queria apenas te avaliar para saber que partido tomar em seu aprendizado, mas mantenha a calma. Tu vai conseguir.

Lula estava chateado e desconfortável naquela posição. Por um momento, pensou em explodir, jogar tudo para o alto e sair. Porém, respirou fundo, levantou-se e disse:

— Por hoje, chega.

— Calma, só mais uma tentativa — insistiu Nobelina, e pôs a mão sobre a dele, ajudando-o a unir os pontilhados. — Isso! Tu conseguiu!

— Só consegui porque tu ajudou.

— Amanhã vai conseguir sozinho. Tenho certeza. Quer ir dormir?

— Não. Vou ver a lua do lado de fora.

— Vou com tu.

— Não. Quero ficar só. Preciso matutar. Vá se aquietar, vá.

Nobelina recolheu-se. O coração ficou apertadinho. Era sua primeira experiência ensinando. Estava com medo de que seu primeiro aluno desistisse. Isso ela não queria. Se não conseguisse nem ensinar o homem que amava, como ensinaria os outros alunos? Os minutos foram passando e Lula demorava a entrar. Nobelina, não conseguia adormecer.

Enquanto isso, ele lá fora, pensando. Sua autoestima sofrida havia voltado junto com as lembranças das frases que seu pai repetira por toda a sua vida: "Tu é um burro mesmo", "Tu é uma anta", "Só entende da enxada...".

Nobelina não aguentou esperar e foi ao encontro dele. Vestia uma camisola em cambraia branca, transparente, que mostrava suas formas, fazendo dela uma mulher sensual, mas com muita sutileza. Cabelos soltos ao vento, iluminada pelo reflexo da lua. Lula a via e se deslumbrava com seu rebolado, com a transparência de suas vestes, que seguia em sua direção. Isso o fez relaxar um pouco.

— Tu tá demorando. Fiquei preocupada. Vim ficar com você.

— Isso é coisa de matuto, Nobelina. Gostar de matutar olhando pra lua, num sabe?

— É uma ótima forma de meditar mesmo. A lua está linda, e a noite, perfeita. Isso é coisa de gente sensível. Vamos nos deitar. Amanhã é outro dia. O que não conseguimos realizar hoje, amanhã a gente consegue. O importante mesmo é perseverar e jamais desistir.

Nobelina abraçou o marido, enquanto ele falava:

— Fale sério mermo. Tu acha que consigo?

— Com certeza, mas é preciso dedicação, paciência, força de vontade e querer mesmo. Assim a gente consegue.

— Tu acha que eu sou um burro?

— Um burro? Claro que não! Você é um homem sensível e muito inteligente. Já disse isso antes. Sem nunca ter estudado, sabe tudo sobre agronomia. Sabe cuidar como ninguém dos animais quando adoecem. Tem sensibilidade e ama a natureza. É um profissional sem formação, mas pode ser ainda melhor. Se estudar um pouco, vai adquirir muitos conhecimentos. Poderá ler, crescer, se libertar e ter mais segurança. Com todas as suas virtudes, será ainda melhor. Precisa esquecer das crenças que seu pai te fez acreditar. Tu não é burro, nunca foi.

— Tu fala tão bonito. Brigado. Deus é muito bom mermo de ter colocado tu em minha vida. Vamo dormir?

— Vamos, meu amor.

No outro dia, logo cedinho, quando clareou, Chico, o irmão de Nobelina bateu a porta.

— Meu irmão, querido. Está tudo bem com o pai? E a mãe? Aconteceu alguma coisa? Me conte logo.

— Não, se acalme. Num se avexe, não. Com o pai e a mãe tá tudo bem sim. A mãe só vive falando que tu num vai mais lá, mas o que trouxe eu aqui foi um recado da professora Marlene. Ela quer que tu vá até o grupo. Precisa ter uma prosa contigo. Ainda disse que é urgente.

— Ah, assim fico aliviada, Chico. Obrigado.

Lula escutou a conversa da sala.

— Oxente! Dinovo? Então já que tá tudo bem, bora tomar um café quentinho pra esquentar o dia, né não, cunhado?

— Mas, sim, eu aceito. Bora.

Foram todos para a mesa. Logo após a refeição, com um papo informal e divertido, cada um seguiu para cumprir seus afazeres. Chico foi para casa e Lula para a roça. Nobelina, despediu-se e rumou, disposta e curiosa, para o grupo escolar.

Era um desses dias de outono, com um clima gostoso, ensolarado e ventando muito. Aqui e ali, o barulho das frutas caindo no chão; tudo isso Nobelina admirava, enquanto era acompanhada em sua caminhada por alguns vira-latas. Gostava do cheiro das frutas e do mato. Aos peões que por ali passavam, ela mesma fazia questão de cumprimentar.

Alcançando o grupo escolar, a professora abriu a porta da sala para recebê-la. Dessa vez, não a esperava em frente à porta, como de costume. Estava com um de seus olhos muito machucado; havia um curativo malfeito por cima, mas isso não tirava seu ânimo.

— Olá, querida. Como você está?

— Professora, que bom te rever. Como você está? O que houve? Está machucada.

— Sim. Mas conto isso depois. Seria bom para tu se preparar, porque nós mulheres temos uma longa caminhada pela frente de busca pela igualdade, respeito pelos nossos desejos e vontades. Devemos ser exemplo e não desistirmos jamais, já que todas nós precisamos umas das outras para mostrar que temos vez e voz. Nada poderá nos deter. Nada! — A professora foi falando em desabafo, e as lágrimas escorriam por seu rosto.

Nobelina estava apreensiva com aquela cena e aquelas palavras, trazendo à sua mente a última conversa com a professora, que já havia falado sobre machismo.

— Mas me conte. O que houve?

— Nobelina, vou te contar, sim. Uma história que muito me envergonha. Mas vou contar só pra você, porque quero que você seja diferente. Doca, meu marido, sempre sentiu muito ciúmes de mim, mas jamais deixei de ser forte, resistente e certa dos meus desejos. Apesar de ele se esforçar para não ser assim, quando bebe um pouco mais junta todas as suas frustrações, raivas, inseguranças e descarrega em mim. Me pede pra abandonar minha carreira, diz que os alunos não estão querendo aprender nada, que querem apenas me ver e me desejar. Confesso que sempre sou paciente, me calo e depois, quando o porre passa, tento conversar com ele melhor pra ficar tudo bem. Dessa vez, não consegui. Ele foi longe demais, me magoou muito, mexeu com a minha dignidade. Discutimos e deu nisso.

— Meu Deus. Nunca imaginei que passava isso com o seu Doca. Ele me parecia ser um marido exemplar, sempre tão gentil, carinhoso, tão atencioso.

— Pois é, querida, as coisas não são tão perfeitas como parecem. Dessa vez ele me agrediu fisicamente. Não foi a primeira vez. Mas fazia muito tempo que isso não acontecia. Ele havia prometido se controlar. No começo do nosso casamento isso aconteceu com frequência. Ele não queria que eu desse aula. Aí fui embora de casa, ele foi me buscar de volta, prometeu uma outra vida. Mas de uns meses pra cá começou tudo de novo. Não aguento mais. Falei que vou embora, dessa vez pra nunca mais voltar. E aí ele me ameaçou dizendo que se eu fizer isso, ele vai me matar.

Nobelina estava chocada. Não conseguia acreditar que aquela mulher, tão educada, tão inteligente e culta, passava por aquilo tudo calada, em silêncio.

— E os teus vizinhos? O Zé de Cazuza e dona Novinha? Não viram isso? Não lhe socorreram?

— Não, querida. Esqueceu aquele ditado: "em briga de marido e mulher não se mete a colher"? Todos escutam os gritos dele, os meus pedidos de socorro, até meus filhos já pediram ajuda na porta de suas casas muitas vezes, mas a resposta é que sou eu a errada. A nossa sociedade ainda é muito limitante. Nós, mulheres, ainda teremos uma grande jornada pela frente.

— Não, não pode ser. Como assim? Como admitiu isso passar da primeira vez? Ele é um maldito. Você vai deixá-lo, não vai? Lula e eu vamos te ajudar.

— Não, querida, não quero isso de ti. Fique calma, vou ficar bem. O que quero que faça é que se prepare bem e conversar com Lula pra tu assumir as turmas e a organização do grupo escolar no meu lugar, logo no início do ano. Tudo bem? Eu preciso decidir umas coisas na minha vida.

— Mas, professora, isso não está certo. Esse grupo escolar é a sua vida. Não pode desistir, não pode abandonar teu sonho. Isso é muito injusto.

— Sim. Não estou desistindo. Mas digamos que eu precise de umas férias maior. Tenho superado esses problemas estes anos todos por medo de deixar esse povo sem educação, porém agora tem você pra me ajudar. Tenho certeza de que fará um trabalho brilhante. Sei que também é teu desejo.

— Sim, com certeza sempre foi meu sonho. Só que não dessa forma. Pensei que trabalharíamos juntas. Eu ainda estou muito no começo, não sei nada ainda. Preciso de você aqui.

— Eu sei, querida. Eu também gostaria muito, mas, me entenda, preciso ter paz. De qualquer maneira, sempre que puder virei aqui, e vamos nos falando. Vou te ajudar em tudo que você precisar.

— Tem certeza? É essa tua decisão mesmo?

— Sim. Já pensei muito e é definitivo.

— Então me dê um tempo. Preciso me organizar, conversar com meu marido. Logo voltaremos a nos falar.

— Sim, espero que tudo dê certo.

— Se cuide, professora.

Abraçaram-se, e seguiram seus rumos.

Como era caminho de casa, Nobelina passou pelo sítio dos pais; queria saber como estavam todos e conversar um pouco com a mãe.

Chegando à casa dos pais, a festa começou na porteira. Os vira-latas Bidú, Rok e Sardenta não se esqueceram de quem mais lhes dava carinho, banho, cuidados e comida. Até os gansos, os pombos e as galinhas se exaltavam com a chegada da moça. A mãe, correu à porta para ver que furdunço era aquele. Uma verdadeira festa naquele terreiro.

— Arra! Que diabo deu nesses bichos?

Ao vê-la, não pôde esconder o sentimento.

— Filha, que saudade! Por que demora tanto pra ver tua velhinha, filha?

— Ô, mãe, não fala assim, não. Por mim, viria todos os dias ver a senhora, mas, quando lembro que vou encontrar o pai, desisto. Deus que me perdoe! Também tenho minhas coisas lá pra fazer.

— Filha, num fala isso. Teu pai ama tu.

— Eu sei. Com um jeito de amar muito estranho.

— Tu já sabe a novidade?

— Qual novidade, mãe?

— O teu irmão tá de chamego com Biuzinha.

— Já, mãe? Tão cedo! Ele ainda é tão novo. Primeiro ele precisa é ir melhor na escola. A professora Marlene me contou outro dia sobre as notas dele, não são das melhores.

— Sim, filha, também acho cedo. Nem tirou a catinga do mijo ainda.

— Quem é ela, mãe?

— A menina caçula de seu Inácio, o costureiro, e teu pai tá muito brabo com teu irmão.

— Bom, dessa vez tenho que concordar com o pai. Realmente Chico ainda não tem idade nem maturidade pra namorar.

— Mas não é por isso que teu pai tá brabo com essa história não.

— Ah é. Então é por quê?

— Porque teu pai diz que não quer te neto preto não.

— Mãe, não aguento isso, mãe! Isso é ridículo. E desde quando o pai é branco pra falar essas bobagens? E nem que fosse! Isso é absurdo demais. Está vendo, mãe? Não dá pra conviver com o pai mesmo. Isso se chama racismo, mãe. E é muito feio. É crime. Preciso ir. Sei que o pai deve estar chegando e não quero encontrar com ele.

— Num vai agora, não, filha. Vou passar um cafezinho pra gente.

Seu Narciso foi se achegando, o assoviar lá da porta da cozinha. Ao ver a filha, ficou feliz e surpreso.

— Num acredito, menina. Tu veio ver nós. O pai tava com saudade. Cadê o Lula? Mulher casada ficar por aí assim, andando sozinha pra lá e pra cá.

Nobelina tomou o café fresquinho para satisfazer a mãe. Em seguida, beijou-a, e saiu sem despedir direito do pai.

O relógio marcava meio-dia, quando Nobelina chegou em casa. Lula, provavelmente já havia chegado para almoçar. Apressou o passo e prosseguiu, mas logo avistou o rapaz, que vinha ao seu encontro sob um sol escaldante, as bochechas avermelhadas e o suor escorrendo. Tirou o chapéu e se aproximou, beijando a mulher.

— Preciso falar sobre alguns assuntos com você. Não volta pra roça hoje? Fica por aqui pra gente conversar e namorar um pouquinho.

— Me diga o que lhe aperreia.

— Mais tarde a gente fala sobre isso.

— Tá fazendo mistério?

— Nada demais. Vamos almoçar. Estou com muita fome.

— Então vamo comer. Aí não volto pra roça hoje. Depois do almoço a gente vai pra nossa caminha um pouco.

Após o almoço, seguiram para a cama, com o intuito de descansar, porém foram vencidos pelo desejo e pelos carinhos.

Logo em seguida, Lula adormeceu sorrindo, enquanto Nobelina admirava aquele homem tão amável ao seu lado. Algum tempo depois, levantou-se e foi fazer um café e um cuscuz.

Comeram e seguiram para o terreiro. Não tinha lua cheia, mas havia a delicadeza da lua minguante. Ficaram abraçados nos batentes da calçada de casa. Antes que Nobelina iniciasse a conversa, Lula perguntou:

— Quando tu vai me dar um fio, hein mulher? Tenho pensado muito nisso. Já pensou: nós dois aqui namorando, e um gurizinho vadiando no terreiro?

— Lula, calma. Não é assim. Temos tempo pra isso. Você lembra do meu sonho, não lembra?

— Sim, de fazer eu ler, mas já tô estudando. Estou cumprindo o que prometi.

— Verdade, fico muito feliz por isso, este também faz parte dos meus sonhos, mas tem mais.

— Tem mais?

— Lula, você sabe o quanto foi importante me formar como professora, não sabe?

— Sim.

— O desejo de uma professora é ensinar o que aprendeu.

— E daí? Num já tá ensinando e eu não tô aprendendo!?

— Sim, meu amor. Só que aqui na nossa região tem muito mais gente precisando ser alfabetizada. Muitas crianças pra ensinar na escola.

— Oxente, tu tá querendo tirar a vaga da professora Marlene e ficar no lugar dela é?

— Não, não é isso. Foi ela mesma quem me pediu para entrar no lugar dela na escola. Aconteceu uma coisa horrível. Doca sempre agrediu a professora por ciúmes, e nunca admitiu que ela trabalhasse fora de casa. Um grosso! Agora agrediu a mulher. Por isso ela mandou me chamar pra conversar. A pobrezinha não aguenta mais. Como tô pronta para lecionar, quer passar o cargo e os cuidados com o grupo pra mim. Já até comunicou ao prefeito que irei substituir ela. Fico triste por ela, que tem esse marido horrível, e feliz por mim, porque sei que posso contar com você, não é mesmo?

Um profundo silêncio tomou conta nesse momento.

— Então tu quer trabalhar fora e ganhar teu dinheiro? O que tá faltando pra tu aqui?

— Não, não é isso. Entenda. Em casa não me falta nada. Mas pra minha vida, falta realizar este sonho. Uma coisa não tem nada a ver com a outra. Preciso me sentir útil na sociedade, e também me sentir independente financeiramente, claro. Não quero ter que ficar pedindo dinheiro pra você pra qualquer coisa.

— Não tem problema nenhum. A vida de casal é assim mesmo; a mulher cuida da casa, dos filhos, e o homem traz o dinheiro pra casa e cuida de todo mundo. Mas se é isso que tu quer, vamos fazer o seguinte: eu sou teu aluno. Pronto! A partir de amanhã tu me dá aula todo dia, e, todo fim de mês, eu pago pra você o que o prefeito paga pra professora.

Nobelina abaixou a cabeça. Não por se render, mas por tristeza. E Lula continuou:

— Aí, no meio de uma aula e outra, ainda dá tempo de tu embuchar nesse finzinho de ano. Próximo ano vamos ter um bruguelinho alegrando nossa vida, correndo pela casa, pelo terreiro...

— Não!

Nobelina entrou em silêncio em casa, decepcionada, foi para o quarto. Cobriu-se dos pés à cabeça. Encolhida sob o cobertor de rede, chorou até adormecer. Lula continuou no batente, sentado, do lado de fora. Mais tarde, apagou a chama do candeeiro e se deitou ao lado de sua mulher, que permanecia embrulhada no lençol, tal qual um pacote, se desvencilhando dos seus abraços.

No dia seguinte, Lula saiu de casa sem despertá-la. Ela por sua vez, tocou a vida normal, cuidando da casa, da comida e tirando um tempo para ler. No fim do dia, tomou banho, colocou um vestido estampado de chita, valorizando as curvas, perfumou-se com uma alfazema suave, e se pôs a preparar o material para a aula do marido. Com a cartilha na mão, lápis, borracha e caderno, ficou à espera do aluno.

— Pronto. Aqui tô eu.

— Podemos começar?

— Sim. Bora!

Nobelina retomou a lição passada, as letras do alfabeto, e depois seguiu para mais uma lição de cópia das letras em pontilhado, para melhorar a coordenação motora de seu atual aluno. Novamente, Lula não conseguiu realizar as tarefas, suas juntas ósseas pareciam endurecidas, o movimento com o lápis era ainda muito lento; isso o fazia ficar nervoso.

— Num vou conseguir.

— Calma. Vai, sim. Espere, vou ajudar. Tente deixar a mão leve.

Nobelina ficou de pé e, passando o braço por trás de Lula, com a mão por cima da dele, conduzia-o pelos pontilhados, mostrando as possibilidades de realização.

Assim seguiu até o final da tarefa, que concluía todas as letras do alfabeto.

— Isso. Ficou ótimo! Tu conseguiu. Tá vendo. Na próxima aula já vai poder fazer sozinho.

— Tomara. Tô cansado.

— Sim, descanse. Vou fazer o jantar, mas antes quero falar sobre ontem. Quero que saiba que não posso dizer não pra professora Marlene, e não posso também renunciar o meu desejo. Eu vou assumir, sim, o cargo de professora.

— Então a professora é mais importante pra tu que eu?

— Lula, você sempre soube da importância que tem o meu sonho. A gente combinou isso. Você até me ajudou no começo, lembra?

— Sim, eu sei, ajudei com teu pai, com teu estudo, fiz tudo como prometi. Pensei que tivesse feliz. Faço tudo pra tu ser feliz. Pensei que tava me amando.

— Mas estou. Amo você. Só não posso abandonar meu sonho. O fato de te amar, e estar feliz com você, não tem nada a ver com o meu sonho e essa possibilidade de trabalhar como professora, que você sabe, é o que eu sempre quis.

— E o meu sonho? Meu sonho é uma família com tu. Até ler eu tô aprendendo pra te agradar. Pensei que teu sonho também fosse o meu. A casa cheia de bruguelinhos, um no bucho, outro correndo pelo terreiro, e outro no pensamento...

— Eu sei disso, mas não posso deixar essa oportunidade passar pra te dar um filho agora. Não quero ser mãe agora. Entenda isso. Depois, mais pra frente a gente vai ter filhos. Quantos você quiser.

— Não entendo não. Eu faço tudo que tu quer, agora você não pode fazer nada que eu te peço.

— Como não? Faço tudo que você espera de mim; cuido da casa, de você, mas também quero poder cuidar de mim. E não estou te pedindo nada além disso.

— E eu não tô pedindo nada além de um filho. Coisa normal na vida de casado. Porque eu tenho que aceitar que tu dê aula, trabalhe fora, e tu não pode aceitar da gente ter um filho.

— São coisas muito diferentes, Lula. Mas sim, a gente vai ter filhos, só tô te pedindo pra que seja mais pra frente.

— Daqui a pouco o povo vai começar a falar de mim... Tem mais de um ano que a gente tá casado e nada de filho. Cê acha que seu pai não pensa nisso também não?

— Eu não tô nem aí para o que o meu pai ou esse povo daqui pensa. Eu quero saber é da gente.

A conversa terminou sem solução. Cada um seguiu para suas ocupações e, tão logo a noite começou a cair, os dois se encontravam em uma intimidade perfeita, apreciando a lua com a brisa da noite, o céu estrelado, o candeeiro aceso e o rádio à pilha ligado, demonstravam carinho um pelo outro, como se pedissem desculpas pela discussão sem solução, mas ainda havia no ar um clima estranho entre os dois.

Ano novo, vida nova

As festas de fim de ano transcorreram tranquilas no terreiro de seu José da Penha. Tudo era festa. E os assuntos os mesmos de sempre. As aulas de Lula seguiam de forma lenta e, da parte dele, sem muita vontade.

Já Nobelina, não se deixava desanimar. E agora, era chegada a hora. Era o começo de um novo ano e, como haviam combinado, estava na hora. Revestiu-se de alegria, pois coragem não lhe faltava. Colocou o charmoso vestido florado, soltou os cabelos esvoaçantes e saiu contente por entre as árvores, cantarolando baixinho, enquanto Lula seguia para seu trabalho, como de costume. Chegando ao grupo escolar, a professora Marlene a esperava, ansiosa.

— Olá, minha querida. Que bom te ver.

— Preciso que me conte, conversou com o Lula?

— Sim, conversei muito. Ele não gostou. Quer filhos, muitos filhos. Só que não quero filhos agora e já decidi.

Não será feita a vontade dele. Primeiro a minha. Vou assumir a escola, professora. Quanto a isso, fique tranquila.

— Mas, minha querida, e como vai ser? Como ficará teu casamento?

— Como ele quiser, professora. Ele diz me amar. Vamos ver até onde chegará esse amor. Só espero que nunca encoste a mão pra me bater, pois se fizer isso vai apanhar também.

— Eu gostaria muito de ser forte como tu. O teu posicionamento é verdadeiro e coerente. Quando mais jovem, me iludi com o amor que parecia existir entre nós. Hoje tenho discernimento de que o amor não maltrata, não espanca, não humilha. Hoje minha situação ficou mais difícil. Não tenho suportado mais as brigas, ouvir aquelas palavras de baixo calão na frente dos meus filhos. Por tudo, vou renunciar à minha profissão, com esperança de viver em paz, já que ele promete mudar se eu parar de dar aula. Também acho que já cumpri minha missão. Quem sabe um dia, quando as crianças crescerem, serei capaz de tomar uma atitude e voltar, ainda sou uma mulher jovem.

— Isso não pode. Temos que ser fortes. Precisamos lutar contra esse machismo e mostrar que somos iguais. As mulheres precisam se unir mais.

— Verdade, mas é difícil. Eu te admiro. Acho que acredito mais em você do que em mim mesmo. Por isso estou tão confiante de ter você aqui. Bem, vamos lá. Preciso te apresentar à turma, porém vou logo avisando: eles estão um pouco desmotivados. Têm alguns alunos novos que não conseguem nem segurar um lápis direito, aí se sentem desacreditados, ainda mais porque ficam juntos a outros no processo de alfabetização.

— Sim, mas vamos lá.

Era uma turma pequena, com apenas oito alunos. Homens e mulheres que esperavam ansiosos a chegada da nova professora na sala. Ao entrar, Marlene apresentou Nobelina como sua substituta. A turma, por sua vez, modestamente aceitou, contente.

— De agora em diante, a professora Nobelina estará com vocês, pois, por motivos de saúde, vou precisar me afastar.

A professora se despediu da escola, de seus queridos alunos e, com muita emoção, passou o diário de classe para a sua substituta. Em seguida, falou um pouco da situação de cada aluno e foi embora, dizendo adeus e desejando muito sucesso a Nobelina.

— Olá, queridos alunos. Eu sou a professora Nobelina. Vocês já me conhecem aqui da região. Para mim, será um prazer enorme estar aqui, dando continuidade ao trabalho maravilhoso da professora Marlene, a quem devo muito, pois já foi minha professora. Juntos vamos crescer e aprender. Espero contar com vocês. Amanhã temos nosso encontro no mesmo horário. Conto com todos. Até amanhã, queridos.

Após se despedirem, Nobelina foi para casa, feliz. Dessa vez, não encontrou Lula. A casa estava em silêncio. Lula só foi chegar no final do dia. Nobelina aproveitou o tempo para preparar sua primeira aula para a manhã seguinte.

Lula chegou calado, cansado e suado. Cumprimentou a esposa e seguiu para o banho. O jantar estava posto. Ele comeu e foi se deitar na rede da varanda. Ligou o rádio à pilha como de costume.

O homem estava triste com o posicionamento da esposa, contudo não queria brigar.

Nobelina se sentia feliz, não se encontrava incomodada com Lula. Por um instante, sua forma de agir poderia até parecer fria e indiferente. Nada faltava em seus afazeres com a casa, com os bichos e a alimentação.

Nos dias que se seguiram, Nobelina cumpria com as responsabilidades de dona de casa e seguia sua caminhada para o grupo escolar. Enquanto isso, Lula também continuava os trabalhos na roça, sem nada dizer, sem nenhum pronunciamento.

Fora dessa forma que o casal resistira à mudança. Assim se passaram alguns dias, sem reações e sem conversas, apenas cumprimentos e indiferença de ambas as partes. Até que um dia, após o término da aula, o irmão de Nobelina a aguardava na porteira de entrada da escola.

Ao vê-lo, Nobelina se assustou.

— Chico, o que houve? Algum problema com a mãe ou o pai? Pelo amor de Deus. Fale logo.

— Não. Nada disso, fique tranquila. É o Lula.

— Lula?

— Sim. Eu tava na sinuca da bodega de seu Doca e ele chegou lá. Tomou cachaça até cair.

— Mas o Lula não bebe.

— Nunca vi também, mas tá lá caído no balcão do bar. Aí o seu Doca mandou avisar pra tu buscar ele.

— Mandou, é? Desgraçado!

— O quê?

— Nada não, Chico. Tu vai voltar lá e dizer que não me encontrou. Ele que traga o Lula para casa. Eu não tenho nada com isso.

— Oxente! Tu não vai buscar seu marido?

— Não. Não me casei com bêbado. Não vou ficar buscando homem em bar. Se ele foi pra lá sozinho, ele que volte sozinho.

O rapaz olhou sem acreditar na postura tão firme da irmã. Ela se despediu e voltou para casa como se nada houvesse acontecido. Chico retornou ao bar pensando em como falaria acerca da postura da irmã. Logo na chegada, viu seu Doca na porta esperando, pois era o horário de fechar a bodega.

— E aí, rapaz? Cadê tua irmã? Não vem buscar o marido?

— Não, senhor. Minha irmã já tinha ido embora. Vamos ter que levar esse presunto pra casa nós mesmo.

— Aha! Bora botar o sujeito dentro da rural, então. Mas é melhor não acostumar. Se acontecer de novo vou largar é aqui na frente do bar, na rua. Pra passar vergonha.

Os dois seguraram Lula no colo e o colocaram dentro da rural do seu Doca. Logo chegaram na casa de Nobelina. Chamaram na porta, mas ela não apareceu para os atender. Nesse momento, Lula acordou, ainda tonto:

— Tá tudo bem. Agora pode ir. Muito agradecido. Eu entro sozinho.

Lula mal entrou em casa e adormeceu outra vez, jogado no sofá. Enquanto isso, a mulher ocupava a cabeça apreciando a plantação. Gostava de admirar os lerões quando começavam a desabrochar a plantação. Os bichos ficavam à sua volta, e ela sorria, brincava e pensava no quanto estava feliz. Por outro lado, pensava que não poderia se deixar levar pela emoção. Caminhou rumo à sua casa, ainda parando embaixo de uma mangueira repleta de frutas, com aquele aroma que lhe enchia o desejo em as degustar. Colheu algumas e seguiu para casa. Ao chegar, tomou um susto ao se deparar com o marido esticado no sofá.

— Meu Deus!

Acariciou seus cabelos, o rosto vermelho queimado pelo sol e beijou-o com saudade. Em seguida, buscou um lençol, e o cobriu com amor.

No dia seguinte, Lula acordou cedo. A ressaca o consumia e, junto com ela, o arrependimento, o medo e o vazio também.

— Meu Deus. O que eu fiz?

A dor de cabeça o dilacerava.

— Eu sou mermo um asno! Como fui encher a cara?

Seguiu para tomar um banho gelado. Quando voltava, Nobelina estava de pé na porta da cozinha.

— Num sei o que deu n'eu ontem. Desculpa.

— Sei que tu está aborrecido comigo, mas não é assim que se resolve os problemas.

— Sim. Cê pode falar tudo que quiser. Tu tá certa. Tu num me ama mais, não?

— Claro que te amo, Lula.

— Então prove. Venha pra cá! Hoje não vou pra roça. Vamos ficar aqui juntinho, o dia todo.

— Não, não posso. Tu esqueceu? Preciso ir para o grupo. Se tu bebeu e não consegue trabalhar, é problema seu. Eu vou para o meu trabalho.

— Num acredito nisso!

Nobelina se arrumou como sempre, pegou a bolsa, os livros e seguiu para o grupo escolar. A distância, o sol e a longa caminhada nunca a desanimou. Os alunos a aguardavam na porta da escola, pois era ela quem estava com as chaves. A professora, por sua vez, correu feliz para cumprir seu dever.

— Desculpe, turma. A caminhada é longa.

— Tudo bem, professora!

— Vamos lá!

Após a aula, Nobelina seguiu para casa. Era essa sua nova rotina. A convivência com Lula consistia em muito amor, apesar de os dois evitarem falar no assunto que poderia ser motivo de discussão. Lula suportava, mas não estava satisfeito. Nobelina, sempre firme, incentivava o ensino do marido, que, por vezes, desmotivava-se, achando-se incapaz de um dia realmente aprender a ler.

Contudo, conseguia reconhecer as vogais e cobria com muito sacrifício os pontilhados das tarefas. Lula se esforçava para agradar a mulher em todos os sentidos. Se dedicava, à sua maneira as aulas, não falava sobre o trabalho da mulher, nem pedia mais filhos. E suas noites de amor eram constantes.

Com o tempo, Lula se dedicava cada vez menos as aulas em casa, inventado das mais diferentes desculpas. Uma hora era preciso esticar o trabalho na roça, em outra os animais exigiam sua atenção. Até que decidiu por fim enfrentar a mulher e parar de vez com os estudos. Segundo ele, não estavam funcionando, e ele não queria mais. Se ela tinha o direito de trabalhar fora, de cuidar da própria vida como queria, sem interferência dele, ele também tinha seus direitos, e o primeiro deles era que definitivamente não queria aprender as letras e isso era problema dele, não dela.

Os pensamentos borbulhavam em sua cabeça; questionamentos e uma profunda tristeza pelas insatisfações vividas. Uma confusão entre razão e emoção. Estava certa do que queria, de suas prioridades, mas, por outro lado, admirava e amava um homem diferente daquilo que gostaria que ele fosse. Daquele dia em diante, Lula não teve mais aulas. Nobelina se entristecia, porém preferia deixá-lo à vontade, sem cobranças, afinal, ele tinha razão, assim como ela, era seu direito decidir a própria vida e suas escolhas pessoais.

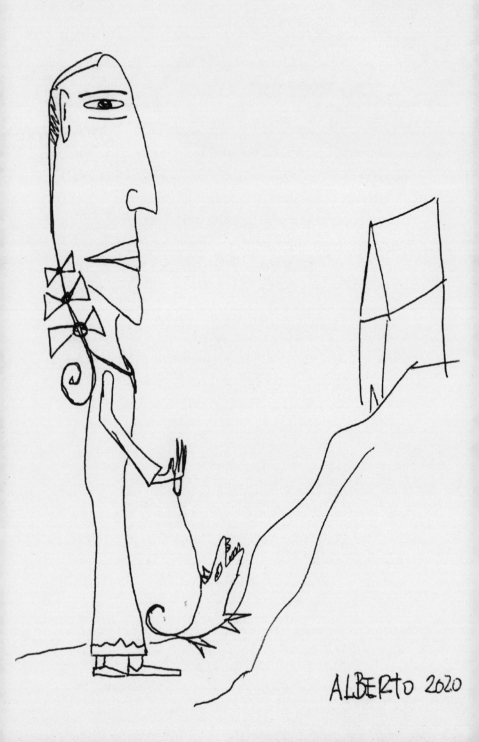

A vida fora

Certo dia, ouviu-se um bater de palmas na porteira. Era um pobre velho pedinte, com roupas sujas, esfarrapadas, barbas e cabelos longos.

Ele gritava:

— Esmola pra São José! Esmola pra São José!

Quando Nobelina, de longe, o escutou, foi até a cozinha pegar alguns quilos de feijão, pois aquele mês havia sido farto, devido ao sucesso da colheita. Lula, contudo, percebeu e tomou a sua frente:

— Vá trabalhar que não dou esmola pra santo. Troque o santo por uma enxada e deixe de ser preguiçoso, pois santo num quer esmola. Deixe de ser vagabundo.

O velho, surpreso com tanta grosseria, respondeu-lhe:

— Que São José te perdoe. Se Deus tiver te ouvindo, quero que ele te abençoe, que cubra tua casa com paz, amor, união, sossego, prosperidade, conforto e compreensão.

Foi falando e saindo, deixando Lula arrasado. Com suas palavras, fizera com que o rapaz se sentisse arrependido. Ainda mais sob o olhar de Nobelina, que não se conteve, pegando um quilo de feijão de um fardo no canto da cozinha para entregar para o velho, com muitos pedidos de perdão.

Quando voltou, logo desabafou:

— Tu foi um grosso. Não entendo porque agiu assim.

— Eu tô mesmo é de saco cheio desse velho toda semana na minha porteira.

— Não nos falta nada, Lula. Aqui temos fartura. Em nossa casa só tem nós dois.

— É porque tu quer assim, né? Agora se não tem filho pra alimentar, eu é que não vou trabalhar pra sustentar esse velho.

— Lula, por favor, um assunto não tem nada a ver com o outro. Sinto muito!

Nobelina, irritada, retirou-se da sala, mas o rapaz a pegou pelo braço com força, encostou-a na parede e a rendeu com seu amor, fazendo-a perder as palavras. Respirou ofegante e se entregou ao amor. Assim, ele acabou sobre ela, no chão da sala mesmo, como alguns dias não se amavam. Eram nesses momentos que o casal esquecia todas as suas diferenças. Instantes que consistiam em paz, cumplicidade, risadas, diversão e amor.

Cedo na manhã seguinte, Nobelina seguiu para o grupo, feliz e ansiosa pela evolução dos alunos. Era assim todo amanhecer. Cada letra identificada, cada traço correto lhe trazia prazer, realização e a satisfação de ver seu sonho se realizando. Reconhecer o seu saber fluindo nos alunos era muito gratificante, já que sua contribuição social se cumpria.

Enquanto isso, Lula foi para a casa da farinha. Como sempre fora na casa da farinha, muitos rapazes e moças se encontravam, cada qual em sua função. As conversas, risadas e novidades da redondeza ali eram contadas.

Nesse dia, o assunto comum a todos eram os planos dos festejos da festa de aniversário da padroeira da cidade, que se fazia bem próximo. Porém, entre as moças, além da preocupação com o vestido novo, o que mais comentavam baixinho, umas com as outras, era a expectativa da chegada do filho do seu Antônio Sibiu. Todas curiosas, combinavam de antemão, o assunto da conversa e a forma como se aproximariam do rapaz.

Lula observava atento. Entre uma e outra conversa das moças, escutava alguma coisa e já ficava aborrecido.

Seu Narciso também estava na casa da farinha naquele dia. Fazia parte das conversas e aproveitava para falar dos planos de incentivar uma cantoria durante a festa, empolgava-se, dava gargalhadas, aumentava até o tom de voz.

Aproximou-se do genro e disse:

— A festa vai ser arretada, num sabe?

— Ara, meu sogro. Eu tenho mais no que pensar.

— Oxente, tá de mau gênio hoje? Aha, diabo! Vá morder quem te mordeu!

Seu Narciso estava tão animado que não quis estender a conversa. Saiu de perto de Lula e foi comentar com Toinho e Maria, casal bastante entusiasmado, pois tinham uma filha solteirona que desejavam muito que conhecesse um rapaz de boa família para se casar. Dona Maria desabafava:

— Eu num sei o que a Ritinha tem, num gosta de rapaz nenhum, tanto bom partido já apareceu, e ela num quer ninguém. Tá ficando moça velha. Tô vendo a hora passar é do ponto, compadre. O negócio dela é ajudar Toinho na roça. Quem já se viu!?

— Oxente, compadre e comadre! Lá em casa foi o contrário. Minha fia nunca quis saber bem de serviço de casa, e muito menos da roça. Toda metida à fina, até parece filha de rico. Agora é professora. É uma marmota mermo!

— Ô, compadre, acho muito bonito, admiro muito tua menina.

— Então, eu briguei muito, comadre e compadre, mas cansei, até porque a mãe é muito da coviteira, sempre fez tudo que a filha pedia. Nem a lida da casa a menina fazia. Aí cresceu desse jeito.

— Mais compadre, num reclame. Pior é a situação da nossa Ritinha. Ela é toda diferente, eu num sei onde diacho a mulher errou.

Dona Maria se exaltou.

— Como é que é a história, homem? Tu tá abilolado? A Ritinha é diferente desde quando nasceu. A culpa num é minha, não. Num venha me culpar!

— Calma! Calma! Minha gente! Varei! Deixe de briga! — disse seu Narciso. — Essa festa vai ser boa. Vamos apresentar Ritinha pro filho do seu Antônio Sibiu.

— Num tem jeito, não, compadre. Ela num quer, não. Ela num quer nem usar um vestido, como é que o moço vai gostar dela?

— Calma! Calma! Vou pedir pra Nobelina dar uns conselhos pra ela. Pronto — pronunciou seu Narciso.

— Ô, compadre, eu fico muito agradecida, viu? Peça mermo. Agora vou embora. Vamos, homem.

— Bora, mulher!

— Cuidado pra num esquecer a farinha de vocês.

— Sim, compadre, depois dessa prosa eu já tinha me esquecido.

Seu Toinho e dona Maria pegaram a saca de farinha e foram para casa. Seu Narciso procurou por Lula, mas o rapaz havia ido embora. Assim, pegou a própria saca de farinha, colocou na cangalha do jumento e seguiu puxando o animal, que estava pesado. No caminho, encontrou Nobelina, que se dirigia para casa com os braços cheios de livros e ainda uma sacola completa de cadernos para correção.

Seu Narciso se alegrou:

— Filha!

— Oi, pai. Estava na casa da farinha?

— Sim. Tô é animado. Num vejo a hora da festa da padroeira chegar.

— Sim, pai, será uma noite bastante bonita. Gosto muito da novena que antecede a festa. Nossa Senhora é bem-merecida. Este ano acho que vou renovar minha promessa.

— Filha, as moças tão tudo animada, tudo assanhada com a festa, e com a chegada do filho do seu Antonio. Mas a filha do seu Toinho, a Ritinha, num sabe...

— Sim, pai. Eu sei. O que tem ela?

— Ela não tá querendo ir, e dona Maria quer muito a tua ajuda pra moça ir pra festa...

— Claro, pai. Quando seguir na procissão, vou chamá-la pra acompanhar comigo. Pode seguir comigo a ladainha.

— Não, filha, mas a ajuda num é pra rezar, não.

— Não? O que houve?

— É pra tu ajudar a moça. Assim, tu é mais sabida pra conversar, e dona Maria se preocupa que a moça tá ficando velha e num arruma um casamento. É toda malamanhada, num sabe?

— Pai, por favor! Mas era só o que me faltava! Ritinha é uma moça bonita, inteligente e muito sofrida, viu? Seu Toinho tirou a pobre da escola à força e não a deixava sequer ela ter amigas. Aí agora reclama! Não conte comigo pra isso. Faça-me o favor.

Nobelina apressou o passo e seguiu seu caminho, deixando o pai para trás, que, por sua vez, ficou aborrecido. Puxou a jumenta até chegar à sua morada, reclamando em voz alta por todo o caminho.

A cidade

A pequena cidade de aproximadamente cinco mil habitantes, parecia respirar um novo ar. Não era apenas na casa da farinha que os comentários corriam, mas sim, em toda a cidade. O comércio estava mais frequentado, as feiras mais cheias, a prefeitura caprichava na limpeza e na decoração. Além disso, no domingo, durante a missa, onde os cristãos se encontravam, as conversas paralelas eram inevitáveis. O padre mal tinha atenção do povo. Na verdade, o ar estava diferente. Eram muitas expectativas para festa e quermesse.

Dessa forma, ao final da missa, as beatas, bem como o padre, faziam os acertos necessários. Estavam presentes a Carmelita, que comandava o coral, a Das Dores, que cuidava da limpeza da paróquia, a Lúcia, que fazia o jardim, o padre Salomão e os coroinhas, Serafim e Zuca.

— Quero falar, meus queridos, da minha profunda alegria em ver que minhas preces foram ouvidas. Este ano estamos tendo um verdadeiro milagre. Vejo a comunidade mais unida, muito mais animada. Pelo visto, nossa novena e nossa quermesse será bem frequentada. Estou certo de que a igreja irá arrecadar fundos produtivos para a reforma deste ano. Como há bastante tempo desejamos, não é mesmo? — disse o padre Salomão ao fim da missa.

Para Nobelina, tudo seguia normalmente, sem atrapalhar seus interesses ou interferir em seu empenho e na realização de sua profissão. Seu único incômodo, para não dizer que não tinha nenhum, era a acomodação de Lula, que não se preocupava com o letramento. Os obstáculos, para ele, acabavam sendo maiores que o desejo de aprender.

Lula se encontrava estirado em sua rede vermelha na varanda, com o rádio de pilhas no ouvido, como gostava de fazer após a refeição noturna. Ora ouvia jogos de futebol, ora cantigas de viola. Também gostava de "A hora do anjo", com a oração da Ave-Maria, e do programa "Contos que a noite conta", um programa da rádio Borborema da cidade de Campina Grande, apresentado pelo locutor de voz atenuada Evandro Barros, e "Retalhos do Sertão", do poeta Zé Laurentino. Destes, era fiel ouvinte e se divertia com os causos e contos.

Nobelina chegou de mansinho, aproximando-se devagar.

O relógio marcou 18h, era "A hora do anjo". O locutor de voz aveludada recitava a oração: *Ave-Maria cheia de graça, o Senhor é convosco, bendita sois vós entre as mulheres e bendito és o fruto de vosso ventre, Jesus. Santa Maria, mãe de Deus, rogai por nós pecadores, agora e na hora de nossa morte, amém.*

Como bom católico, Lula fechou os olhos em reverencia à hora do anjo. Fez a oração e, como mandavam os costumes, fez também o seu pedido. Quando abriu os olhos, Nobelina estava ao seu lado, sentada em um banquinho, igualmente em oração.

— Nossa Senhora! Mas Deus é muito bom mermo! E rápido. Num é que já fui atendido? — brincou, fazendo o sinal da cruz.

Os dois sorriram.

— Será que Deus será muito bom comigo também?

— Se ele num foi bom com tu, eu vou ser. Me diga seu desejo.

— Sendo assim, já fico muito animada, pois sei que tu realizará meu sonho.

— Que sonho é esse, mulher?

— Tu voltar a estudar comigo.

— Oxente! Desista disso, Nobelina. Se contente com eu desse jeito. Esse matuto num tem conserto, não. Eu nasci mermo pra ser matuto, viver que nem bicho bruto no meio do gado. Meu pai tinha era razão. E eu num quero. Já falamos sobre isso.

Lula falava de forma muito incisiva, certo do que queria. Nobelina sabia disso, conhecia bem o marido. Por isso, desesperou-se. Ela vivia entre razão e emoção o tempo inteiro. Naquele momento, angustiou-se demais, porque sabia que a decisão de Lula, mais cedo ou mais tarde, causaria o afastamento dos dois. E isso ela não queria, pois o amava, não queria a distância, queria construção, crescimento, mas Lula não entendia.

Era um tempo difícil para Nobelina. Para um professor ensinar, o aluno precisa querer realmente aprender, porém, com Lula tomando tal decisão, não havia nada que pudesse fazer. Felizmente, o final do ano estava próximo, e a satisfação de ver seus alunos alfabetizados a deixava realizada e feliz.

Resolveu organizar com antecedência uma festinha de despedida para a turma e começou um mutirão, no qual todos se juntaram para renovar a pintura e lavar o simplório espaço, deixando tudo pronto para o próximo ano.

Nesse dia, Chico a procurou. Levou um jerimum maduro de presente, sabia que a irmã adorava a mistura com leite quente no jantar. A moça ficou contente pela lembrança, mas, ao mesmo tempo, desconfiada. Seu irmão a visitar, e trazer presente, não era algo muito comum.

— O que está havendo, meu irmão? Me conte, não se acanhe. — Chico, de cabeça baixa, continuou calado. — Fale! Tu está me deixando nervosa. O que houve?

— É... eu queria te contar uma coisa...

— Pois fale de uma vez!

— É que eu boli com a filha de seu Inácio. Eu vou carregar ela — respondeu meio engasgado. — O pai dela num quer o namoro da gente, me chama de moleque. O pai também num quer. Fica chamando ela de negrinha e mais um monte de coisa, então agora quero é ver. Ela agora já é minha mulher. Pronto e acabou-se.

— Meu irmão, tu é tão novinho. Deveria estar se dedicando aos estudos, fazendo o teu futuro primeiro. O que tem pra oferecer a essa menina? Aparecida é uma moça de família.

— Pois é. Diga isso pro pai, porque ele acha que ela é diferente de nós. O pior é que a mãe num faz nada. Fica calada. Tenho muita raiva. Num vou deixar faltar nada. Sou um cabra trabalhador, minha irmã. Por isso vim aqui também, pra tu falar com o Lula pra ele me arrumar um serviço.

— Está certo, meu irmão. Vou falar, sim, mas pra onde vai levar a Aparecida?

— Tia Biuzinha me chamou pra eu deixar plano o terreno pra plantação. Vou aproveitar e levar a minha Cidinha. Lá eu explico tudinho pra ela.

— Tu vai para Várzea Grande?

— Sim. Já tá tudo certo. Combinei com Cidinha pra na hora do anjo ela saí, fechar a porteira e a gente se encontrar. Vamos de jumenta, devagar, devagarzinho. Pode ser que demore, mas nós chega lá.

— Ô, meu irmão, como é bom saber que tu tá feliz. Como é maravilhoso ver tu com o coração tão bom, tão simples e sem preconceito.

— Que moléstia é isso?

Nobelina deixou escapar uma risada, mas explicou.

— É quando uma pessoa não aceita a outra pelo que ela é, seja pela cor da pele, ou por suas identidades de gênero, e antes que você me pergunte, isso é quando um menino nasceu menino mas não se identifica com a condição que nasceu. Um menino que decide viver como menina, ou uma menina que decide viver como menino.

— Isso pra mim tem outro nome. É boiola memo. Viado.

— Pois é... Isso é preconceito da sua parte. As pessoas são o que são, do jeito que são e cada um tem o direito de ser o que quiser. Não é cor da pele ou a opção sexual de alguém que interessa aos outros, isso é problema de cada um. O que interessa é o caráter. Você chamar alguém de viado ou boiola é a mesma coisa que o pai chamar a sua Aparecida dessas coisas. Magoa, fere as pessoas.

— Sim. Cidinha também disse isso pra eu, que sofreu disso quando estudava lá no grupo, no tempo da professora Marlene. Disse mais, falou que foi por isso que deixou de ir pra escola. Agora, a cor da pele a pessoa não escolhe, já se ela vai ser boiola ou não é outra coisa...

— Pois bem, se um menino vai gostar de menina ou de menino também não é bem uma escolha, já nasce assim. Mas isso é uma longa conversa. O importante é respeitar e aceitar o outro, como for. E isso não importa em nada. Não entendo isso nesta cidade. Nunca vou conseguir entender. De que adianta tanta religiosidade se as pessoas se prendem a esses preconceitos bestas? Mas saiba que estou do seu lado sempre. Vá com cuidado. Cuide bem da Aparecida e seja feliz.

Assim seguiu o rapaz, cheio de esperança e alegria para o encontro do amor, onde preconceito e ódio não existem.

Assim que o irmão se foi, Nobelina ficou pensativa, refletindo sobre a vida e seus valores.

— Por que sou tão diferente do meu irmão? Tenho um marido que me ama, uma casa bacana, tenho saúde, em minha casa não falta nada... Mesmo assim, não me sinto realizada. Será que a ignorância traz a felicidade? Meu Deus, me ajude.

Nobelina, que para tudo e para todos sempre tinha uma palavra de acalento, uma solução, naquele momento não possuía palavras que a ajudassem em suas insatisfações. Até mesmo o seu amado, que a conquistara pela doçura, gentileza e companheirismo, agora lhe parecia indiferente.

Sentia-se sozinha com seus objetivos e preocupações. Era grande o seu desejo de fazer mudança na vida daquela gente, de levar conhecimento, pois sabia que o estudo, o saber, fazia diferença, era libertador e induzia à construção de uma vida melhor.

Nesses momentos reflexivos, Nobelina, que sempre usava o vestido acinturado de saia rodada, colocava um chapéu de palha de abas grandes para proteger o rosto e se dedicava ao jardim, cuidando das roseiras e de suas hortaliças. Mexer no jardim e brincar com os animais era sua terapia, era lá que se acalmava para retomar sua rotina, já com os pensamentos bem colocados.

Lula chegou da roça e observou a esposa no meio das plantações, rodeada de rosas, carregando um cesto com alguns legumes, as mãos sujas de terra. Aquele vestido longo e a trança comprida ao lado do rosto o deixava extasiado. Queria congelar aquela cena; era, na verdade, o que mais desejava para sua rotina. Pena que seus cachorros o viram e foram logo fazendo uma festa de latidos e urgidos, atrapalhando aquele instante.

Lula ficou furioso:

— Calado, seu besta! Sai pra lá, troço!

Nobelina se assustou com a briga.

— Lula, o que está fazendo por aqui a essa hora? Tão cedo ainda. Tudo bem?

— Sim, sim. É que a água acabou, e eu vim buscar mais um bocadinho. Só que os cachorros fica feito besta latino. Varei, peste!

— Tudo bem. Pensei que tinha acontecido alguma coisa por lá.

Lula estava suado, vestia uma camisa branca amarrotada, botas de couro e na mão um chapéu enrugado. Seu olhar transmitia uma mistura de medo e desejo. Sempre que agia firme com Nobelina em relação às suas opiniões, logo vinha o medo de a perder, e arrependimento, talvez.

— Por que está me olhando assim?

O rapaz respondeu mostrando os dentes brancos, consequência do clareamento natural que fazia todas as manhãs, quando acordava, com Juá, uma frutinha pequena de polpa branca que retirava de lá mesmo da árvore. Nem precisava de muito capricho; embaixo do Juazeiro mesmo apanhava a pequena fruta amarela, bem madura, e esfregava em seus dentes, embranquecendo o sorriso.

— Na verdade, sua formosura que me deixou parado feito um leso. Tu é muito bonita, minha flor. Num quero perder tu por nadinha nesse mundo.

Falou e se aproximou para abraçar Nobelina. O cheiro do suor dele, aquelas bochechas rosadas e os dentes brancos, aquela pele... Tudo a deixava seduzida, fazendo com que se lembrasse da força do amor, da paixão que os unia. Assim, se amaram ali mesmo, no quintal, ao lado da horta.

Depois do amor, a realidade chegava e a rotina continuava trazendo a lembrança de suas diferenças. Rapidamente, Nobelina se vestiu e foi logo dizendo:

— Preciso sair daqui, Lula. Tenho muita coisa pra fazer.

Seus afazeres, compromissos e responsabilidades a chamavam. Apesar de tanto amor, a firmeza de Nobelina não mudava.

A festinha

— Amor, organizamos uma festinha de despedida da turma. O ano letivo terminou. Estou muito feliz em ter colaborado com a alfabetização desta turma. Você não faz ideia da alegria, da realização que sinto, em ver meus alunos assinando seu próprio nome e lendo. Ainda com um pouco de dificuldade, sim, mas com vontade de realizar, sabe? Força de vontade, desejo de fazer, é tudo.

— Aham! Mas que besteira danada. Num é isso que deixa eles mais melhor ou pior que eu. Num pense que falando isso vai atingir eu, não. Eu sou é macho, num tenho medo de num aprender o que vocês sabem, não. O que sei também tem valor.

— Ah, por favor, Lula. Tu me dê licença que vou andando. Não quero discutir mais uma vez sobre isso.

Nobelina se levantou, irritada, colocou o vestido mais decotado e cinturado que tinha, passou um batom vermelho, que desenhava sua boca, soltou os cabelos longos.

Em seguida, saiu sozinha, caminhando sem perder o humor, sem olhar para trás.

Lula ficou aborrecido e exaltado. E ao ver a mulher sair tão bonita daquele jeito, chutou a parede. Foi para a cozinha, fez o fogo à brasa, colocou café e cuscuz para cozinhar e tentou comer com coalhada, mas nada estava bom. Jogou tudo no chão, irritado. As galinhas e os cachorros começaram a disputar os restos. Lula abaixou a cabeça e chorou, questionando-se de seu sofrimento, seria medo ou tristeza.

Acabou perdendo o horário em que chegava no roçado. Seu Narciso achou estranho. Uma das cercas estava caída, e o gado do vizinho havia invadido a plantação. Desse modo, resolveu ir até a casa do genro para saber o que acontecera.

— Lula!

— Oxente! Isso é meu sogro! O que foi, homem de Deus? Que diabo tá gritando desse jeito aqui na porta, aconteceu alguma coisa? É Nobelina?

— Oxente quem diz é eu. A cerca caiu, e, quando cheguei no roçado, os bois tavam acabando com tudo. Corri, mas era tarde, pois a desgraceira tava feita, num sabe?

— Mas, criatura, eu sabia que isso ia acabar acontecendo. Tinha avisado pros lesados dos trabalhadores do seu Antônio Sibiu. Agora ele vai cuidar de pagar o prejuízo.

— Só num diga que fui eu que disse. Seu Antônio Sibiu é muito amigo meu.

— Varei, meu sogro. De que lado o senhor tá?

— Oxente. Do lado dos dois. Vamos embora trabalhar. Cadê Nobelina?

— Foi pro grupo ficar com os alunos dela. Só pensa neles agora.

— Vixi!

Seguiram para o trabalho. Enquanto isso, Nobelina, se realizava em meio às homenagens feitas pelos alunos, pelo atual prefeito e os quatro vereadores da cidade que também estavam presentes. Tudo se encontrava muito organizado. Os alunos lavaram todo o espaço e haviam levado um bom lanche: batida de leite, umbuzada, pastel, cajuvita e bolo. Houve prêmio para o melhor aluno, para a melhor caligrafia e para o melhor leitor. E o maior prêmio para a melhor redação. Uma manhã de festa, emoções e alegrias.

As moças presentes, no entanto, já marcavam encontros para a próxima festa. O dia da quermesse se aproximava. Toda a cidade aguardava o festejo.

De repente, uma das alunas se pronunciou:

— Professora, a senhora vai nos ajudar na ornamentação do palanque e do pavilhão?

— Sim, com muito prazer, Damiana. Vou, sim. Podemos aproveitar essas decorações que fiz para nossa festa aqui em nosso grupo. Vamos deixar tudo muito lindo. Teremos a festa mais bonita dos últimos anos.

— Verdade, professora. A senhora tem muito bom gosto. Eu também queria tua ajuda com outra coisa.

— O quê? Pode falar. Tenho o maior prazer em ajudar.

— Pois é, professora, é que também vai ter uma festa na casa de seu Antônio Sibiu, logo depois da novena, que também já será na casa dele, já que o filho dele, Dario, vai chegar do Rio. A senhora sabe, né? Quando éramos ainda crianças, brincávamos muito juntos. Depois, ele foi embora e nem me lembro mais do seu rosto. Dizem as fofocas pela cidade que ele vai escolher uma moça daqui para se casar. E, aqui para nós, ele é um partidão.

— E o que tu quer que eu faça?

— Me ajude na escolha da roupa? Quero um vestido bonito como o da senhora. A senhora tá sempre tão bonita, tão bem-vestida.

— Ora, então é só isso? Obrigada! Claro, ajudo, sim. Fique tranquila.

— Tenho que ficar muito bonita pra ele me escolher, não é? A senhora conhece o moço?

— Não, não conheço, mas fique tranquila que já sou casada. — disse Nobelina aos risos.

— Ainda bem, professora, porque linda e inteligente como a senhora é, aí não teria pra mais ninguém. Eu já ia até desistir.

— Ah, por favor, não diga isso. Tu é muito formosa. E também é linda e inteligente.

Nisso, Carminha e Beta se aproximaram; estavam curiosas e enciumadas com o bate-papo e risadas das duas.

— Oi, Carminha, estou contando aqui pra professora como o nosso aprendizado tem evoluído com suas aulas, não é verdade?

Carminha ficou um pouco desconfiada, no entanto respondeu:

— Sim, é verdade, professora.

— Obrigada, meninas. Vocês são muito gentis comigo, porém apenas dei continuidade ao trabalho maravilhoso da professora Marlene.

— Sim, professora, ela também é muito boa, mas faltava muitas aulas. Às vezes, não conseguia dar aula direito. Às vezes chegava machucada, dizem que o marido batia nela. Teve até um dia que ele veio buscar ela aqui na escola, quando estávamos todos conversando embaixo da jaqueira, e a gente viu ele arrastando ela pra casa.

— Eu já vi o Doca dando uns safanão na professora Marlena aqui na rua. — disse outra aluna.

— Você diz isso e não fez nada?

— Oxe, professora, fazer o quê? E quem ia se meter na briga dos dois? Não é, não, Damiana? Em briga de marido e mulher, não se mete a colher. Meu pai antes de morrer também brigava muito com a minha mãe. Também batia nela as vezes. E se a gente fosse apartar, apanhava todo mundo. No final das contas, até a mãe batia na gente para defender o pai.

Nobelina ficou furiosa com a conversa.

— Minha gente, isso precisa acabar. Não podemos permitir acontecimentos assim. Precisamos lutar pelos nossos direitos. Quem já se viu um homem bater em uma mulher? Ainda mais na frente dos filhos, humilhando a coitada desse jeito? Se continuarmos de braços cruzados, nunca vamos mudar a realidade. Vocês, meninas e meninos, precisam mudar essas coisas. Em briga de marido e mulher, não se mete a colher? Mete, sim. Não podemos permitir que uma amiga apanhe na nossa frente. Isso é covardia. Ninguém tem o direito de bater no outro, seja quem for e por qual motivo for.

— Calma, professora.

— Desculpe, meninas. Depois falamos mais sobre isso.

Nobelina respirou fundo, chamou a atenção de todos e, em um círculo, deu início ao amigo secreto que ela havia combinado com os alunos. Após as revelações e entregas de presentes, todos muito simples, os alunos se despediram, e cada qual seguiu seu rumo.

A professora fechou todas as portas, retirou as decorações, pegou a pasta e seus livros e seguiu a caminhada para casa, quando, de repente, escutou um grito:

— Nobelina! Ô, filha!

— Nossa, isso é o pai.

Ele correu para chegar ao encontro da filha e, ofegante, foi logo dizendo:

— Oxente, filha! Cadê seu marido que num veio ajudar tu com esse monte de coisa? Chegue, dê cá. Deixe que levo isso aqui nas costas.

— Besteira, pai. Não pedi ajuda para meus alunos porque achei possível resolver sozinha, mas obrigada. E a mãe, como está?

— Tá bem, filha. Vem preocupada com a mimosa, que pariu esses dias, mas tá sem querer comer direito... Aí não tá dando leite direito.

— Nossa, a mãe é muito próxima desses bichos mesmo.

— É verdade! Ô mulher velha besta da gota! Quase se acabou de chorar na hora que o bicho nasceu.

— Não fala assim da mãe.

— Arra, filha. Tô brincando! Na verdade, tô é animado com essa festança que tá pra acontecer. Vai ser arretado demais da conta, filha.

— É, pai, o senhor e minhas alunas estão bem animados. Elas, eu sei que é por conta da chegada do filho de seu Antônio Sibiu, mas e o senhor, pai? Não é por causa da padroeira, porque o senhor nem é tão religioso assim. O que te anima tanto?

— É a cantoria, filha. Até parece que num conhece teu pai.

— Eu já imaginava, pai. Eu sei, sim.

Seu Narciso acompanhou a filha até sua casa, e esta foi uma das poucas vezes em que os dois conversaram divertidamente, sem que acabasse em aborrecimento. Após Nobelina passar da porteira de casa e entrar, seu Narciso se despediu e seguiu o próprio caminho para casa. Enquanto caminhava, ficou pensativo, reclamando com suas memórias, falando sozinho. Em seus altos pensamentos, as lágrimas escorriam por seu rosto marcado pelo tempo; tristezas que lhe rendiam o trauma de tanto desejar que o primeiro filho fosse um homem, um cabra macho, como ele dizia, que se parecesse com ele e o ajudasse. A realidade, no entanto, foi contrária. Viera uma menina, hoje uma mulher, forte, guerreira e destemida, que seguia um caminho contrário aos seus desejos e, como se não bastasse agora o filho resolvera sair de casa para viver com uma menina que ele não aprovava, por ser uma menina negra.

Chegando em casa, dona Guilhermina achou estranho que o marido não foi para cozinha à procura do jantar, não assoviou nem reclamou de nada. Apenas tirou o chapéu, o par de botas, a camisa suada e se deitou na rede estirada.

Dona Guilhermina, em sua ingenuidade, jamais imaginaria, ou entenderia, os sentimentos e frustrações do marido. Para ela, o bastante era pensar como fora instruída desde criança: macho que é macho, é assim mesmo.

A vida de dona Guilhermina seguia o curso natural daquilo que lhe fora imposto. Foi educada a cuidar da rotina, dos bichos, da casa, da comida, da plantação e dos filhos, que cresceram e escolhiam os seus destinos. Satisfeita ou não, sua preocupação sempre era agradar o marido, para que este não fosse contrariado. Sem reclamações, e com muitas orações, levava a vida em frente, pedindo a Deus e à virgem Maria, saúde, paz e alimento à mesa. Também pedia a felicidade dos filhos e, sozinha sem confessar à ninguém, para que a vida deles fosse diferente da dela.

A festança

Na cidade pequena de nome Puxinanã, religiosos, beatas, moças e rapazes alegravam-se levando criatividade e sorrisos para a ornamentação da festa tão esperada. Em frente à Paróquia de Nossa Senhora do Carmo, cuja praça era bastante simplória, era o ponto de encontro.

As beatas e os coroinhas estavam sentados. Recortavam bandeirolas de papel de revistas, enquanto Damiana e Carminha chegavam com um caldeirão de grude; um mingau feito com goma para usar como cola. Do outro lado, também se aproximava Beta de Chico, que trazia água e rapadura para o lanche da manhã. Zoraide já tinha aberto o fiteiro, como sempre fazia, na frente da Paróquia. Lá, de tudo vendia: bolo, geladinha, pirulito de galinha, cachorro-quente, suco de pozinho, pipoca, amendoim...

O padre Salomão cuidava em esticar o cordão para serem coladas as bandeirolas coloridas, quando, mais à frente, chegava a professora Nobelina, na garupa do cavalo que seu marido guiava.

214 CIBELE LAURENTINO

O casal, naquela montaria, formava um par de tamanha beleza, cuja imagem chamava a atenção de todos. Nobelina levou várias sacolas de enfeites decorativos. Todos estavam ansiosos para ver a arrumação que a moça faria.

— Bom dia, minha gente. Me desculpem o atraso, é que Lula foi tirar umas palhas de palmeira e bananeira para decorar o pavilhão, e Zuca, trabalhador do seu Antônio Sibiu, se ofereceu para ajudar. Ele está trazendo todas as palhas na carroça de burro. Desculpe o atraso, padre. Sua bênção.

— Não se preocupe, minha filha. A gente sabe a distância do sítio até aqui. Nós entendemos, não é, meninas?

— Sim, senhor.

— Bem, mas se me permitem, vamos começar.

Lula, Zuca e os outros rapazes montavam o pavilhão. Além disso, o palanque estava pronto; os funcionários da prefeitura haviam montado quase tudo. Nobelina subiu e logo deixou o espaço com uma cara nova. Ao final da manhã, todo o espaço estava decorado. Faltava apenas a finalização da montagem do parque de diversões, atrativo que não era apenas para a criançada, mas também para os casais de namorados, que adoravam a subida da roda-gigante para se entregarem aos beijos apaixonados e pedidos de namoro. Era lá no alto que muitas histórias de amor começavam, sob o frio da noite e o som romântico tocado. Tudo estava pronto; agora era só aguardar.

Juntaram-se no final da arrumação e admiraram o trabalho realizado. Era uma adrenalina imensa, cada qual adoçando o paladar com um "taco de rapadura" e copo de água fria da quartinha de Ritinha.

Seguiram todos para suas casas e, no dia seguinte, os moradores da cidade, de janelas abertas, observavam os testes com os brinquedos do parque de diversão, vindo de Campina Grande.

Enquanto os homens testavam os equipamentos, a molecada animada corria, gritava, gargalhava e observava, animada e ansiosa pelo parque.

Quando a cidade toda acordou, feliz ficaram de ver o parque pronto: roda-gigante, canoa, carrossel, balanço e gangorra. Além disso se via uma pipoqueira, carro de algodão-doce, carrinho de maçã do amor, barraca de tiro ao alvo e jogos de roleta.

Naquela mesma manhã em que estava marcada a novena e depois a festa, no Sítio Piaca, na casa de seu Antônio Sibiu e de dona Mechicler, como era esperado, chegou, na rural de seu Biu, o tão aguardado filho do casal, Dario. Com quase um metro e noventa de altura, forte, de olhos e cabelos negros, rosto bonito e lábios carnudos. Vestia jeans e uma camisa de botões azul. Vinha do Rio de Janeiro, onde vivia desde os dezesseis anos. Lá trabalhou, estudou e se formou em Engenharia Civil. Fazia quase quinze anos que não via a família. Os pais sabiam de sua chegada naquele dia, só não sabiam o horário. O rapaz foi entrando no casarão vazio e se lembrou do seu passado, a alegria que fora viver ali com todos os irmãos, que quase sempre estavam juntos, no trabalho ou durante as refeições. Falavam os mesmos assuntos, comiam o mesmo pão, as mesmas roupas vestiam; alegres, obedeciam aos pais em todas as diretrizes, cada qual mais prazenteiro.

As lembranças cruzavam o pensamento dele. Olhava todos os cantos, e cada um trazia uma saudade diferente. Chegou até a cozinha. Lá, encontrou uma senhora, era dona Adelaide, uma prima distante que viera ajudar dona Mechicler na cozinha. O rapaz falou, apreensivo:

— Bom dia. Eu sou o Dario. Onde estão meus pais?

Dona Adelaide ficou parada, olhando para o rapaz, tão lindo e tão alto que quase perdeu a voz. Por fim, falou, gaguejando:

— Tão aí no terreiro, debaixo do pé de jambo, senhor.

— Obrigado.

Dario saiu, ofegante, em direção àquele terreiro que tanto brincara em sua infância. Parou quando viu um casal de idosos, sentado cada qual em sua cadeira de balanço. Senhor Antônio, cochilando, e dona Mechicler, bordando.

— Pai, mãe, cheguei!

Seu Antônio e dona Mechicler se levantaram e abraçaram o filho com o peito cheio de emoção; para eles, parecia um sonho. Ficaram por alguns instantes abraçados, chorando de tanta alegria.

— Meu filho, pensei até que ia morrer sem alcançar a graça de encontrar tu.

Dona Mechicler não parava de chorar.

— Calma, mãe. Agora estou aqui. Se acalme — assegurou, beijando a mãe, enquanto o pai também o abraçava feliz.

— Ave Maria, meu filho! Nós caprichamos direitinho, num foi? Que homão bonito que você tá. O povo todo aqui tá curioso pra te ver.

— Ô, mãe, deixe de brincar. E meus irmãos, que horas vou ver eles?

— Tu sabe que na cidade, a partir de hoje, começa a festança da padroeira, né? Marquei a novena aqui hoje de noite. Então, mais tarde, tu vai encontrar todo mundo. Os vizinhos, as moças, os rapazes e seus irmãos.

— Verdade, pai? Não lembrava disso. Que coisa boa. Então vamos ter festa?

— Aqui pra nós, meu filho, depois da novena, quando as beatas forem embora, vamos fazer é um assustado. Mandei matar um bezerro gordo. Seu Narciso convidou uns cantadores, amigos dele. Vão fazer cantoria e depois tem um forró danado de bom pra gente arrastar o pé na puxada do fole da sanfona de oito baixos de seu Luizinnho. Tá bom assim, num tá, não?

— Bom demais, pai. Desse jeito, não vou querer mais ir embora.

Dona Mechicler logo se pronunciou:

— Meu filho, tu nem chegou direito e já quer ir embora?

— Calma, mãe. É brincadeira. Depois conversaremos sobre isso. Agora preciso descansar um pouco, pois a viagem é cansativa. Três dias dentro daquele ônibus não é fácil.

Dario entrou em casa e seguiu pelo corredor, suas memórias e recordações fluíam em sua mente, levando-o a relembrar uma briga com o irmão mais velho, que o trancara dentro do banheiro. Ele entrou no banheiro, fechou a porta e constatou que os rabiscos feitos com lâmina de barbear, onde xingava o irmão de burro, ainda estavam lá.

Chegando em seu antigo quarto, que dividia com o irmão Antônio, abriu a porta devagar, esperando encontrar o quarto modificado, mas se enganou, parecia que havia saído no dia anterior de casa. O quarto estava impecável, tudo como havia deixado. Deitou-se na cama de colchão de palha e descansou até às 18h, hora em que estava marcada a novena. Quando acordou, ainda vestido como chegara da viagem, botas ainda nos pés, saltou da cama, seguindo para o banheiro.

Cantarolou e assoviou durante todo o banho. Logo se vestiu, tirou a barba e seguiu para conversar com a mãe.

— E aí, dona Mechicler, como está seu filho? Está aprovado para receber seus convidados?

— Meu menino, tu é o rapaz mais lindo da redondeza. As moça daqui tudo vão querer namorar você.

— Mãe, assim também é demais.

A varanda se encontrava pronta, as cadeiras colocadas e o altar arrumado. As pessoas começaram a aparecer. Os primeiros a chegar foram todos os filhos do anfitrião, que, ao ver o irmão, foram logo se abraçando, preenchidos pelas lembranças e a saudade. Em seguida, o padre chegou. A sala de estar e a varanda ficaram com as cadeiras todas ocupadas. Nas cadeiras principais, os anfitriões da casa, com seus filhos sentados por perto. Mais além, o prefeito Chico Pedreira e a esposa Gorete e os quatro vereadores com as esposas antipáticas. O padre desejava começar; aguardava por silêncio. Pegou o microfone e falou:

— Boa noite a todos. Preciso que façam silêncio. Muito obrigada. Estamos dando início à novena em devoção à nossa padroeira, Nossa Senhora do Carmo, a quem nos rendemos em oração, ofertas e devoção. Peço a todos que comecemos com o hino trinta e cinco da nossa ata, após fazermos a oração que nosso pai nos deixou.

Assim seguiu a novena, com rapazes e moças, senhores e senhoras, todos presentes, bem vestidos, penteados e com roupas novas. Todos sentados em oração, mas em vez de estarem de olhos fechados em reverência, os pescoços se esticavam e olhos arregalados se encontravam. Será que à procura da estátua da santa? Não! À procura de Dario.

Nobelina e Lula, como sempre atrasados, chegaram após a introdução da novena, e, como de costume, o casal chamou a atenção com a exibição de tanta beleza. Nobelina rezava entusiasmada, pedindo à sua santinha melhorias em sua vida, paz, amor, conhecimento, evolução da humanidade; pedia por seu marido, para que viesse um dia a ser alfabetizado, rogava pelas mulheres, pedia pelo fim dos preconceitos e por um mundo melhor, pelos pobres. Enquanto isso, Lula estava preocupado em ver Dario no meio de toda aquela gente.

O padre estava irritado com tantas conversas paralelas das moças durante todo o momento. As beatas perceberam e no ouvido do padre logo chegou a notícia. Este, por sua vez, incluiu no sermão, com sua fala enfurecida, a falta de atenção à novena da santinha. Afinal a novena era para a santa, porém o povo só falava no rapaz filho do casal anfitrião: "mas como ele é alto." "Nossa, como ele é bonito."

Era a conversa das moças durante todo o tempo.

Fazendo assim as últimas reza do terço que todos traziam, dizendo o que todo mundo esperava:

— Agora passo a palavra para nosso prefeito, Chico Pedreira, que aqui se encontra logo nessa primeira cadeira, na frente, junto aos anfitriões.

Então o padre passou a palavra para o prefeito:

— Boa noite, meus amigos e amigas! Companheiros e companheiras. Agradeço a todos aqui presentes e, principalmente, ao nosso grande colaborador para com nossa paróquia, esse sujeito simples, seu Antônio Sibiu e sua família, por nos abrir as porteiras de sua propriedade para festejarmos à nossa padroeira. Amanhã nossa festa continua na frente da paróquia. Aguardo todos vocês lá.

Aqui também quero deixar registrada a presença desse moço, o engenheiro civil, filho do seu Antônio Sibiu, que hoje chegou do Rio de Janeiro para alegrar a vida da gente. E ainda dizer que eu o convido a permanecer aqui em nossa cidade, compartilhando com nosso povo um pouco do seu saber alcançado. Vou oferecer a ele um cargo remunerado na nossa administração. Depois das festas, espero ele no meu gabinete para a gente fazer os acertos necessários. Muito obrigado. Vamos todos às comilanças, ao arrastar o pé, minha gente.

Seu Narciso organizou pertinho da fogueira duas cadeiras, uma mesa, estando sobre ela um chapéu e uma quartinha; nome dado a uma garrafa pequena de cachaça. Uma dupla de cantadores ali se acomodava, recebendo os motes, ditados no ouvido, e logo começava a cantoria.

Os motes eram: "Acolhei e velai, Senhora Nossa, a cidade que a vós nós confiamos" e "Nossa Senhora, proteja meu povo e minha cidade."

Os cantadores, Louro Branco e Zé Gonçalves, cantaram os dois motes de improviso, trazendo aplausos e sorrisos. Em seguida, aconteceram recitais de poesias com o poetinha Zezinho.

Pra o nosso casamento
Eu tinha feito o estudo.
A nossa casa pequena,
Mas tava pronta de tudo;
Desde a cama, o principal,
Ao troço mais miúdo...

O chapéu que ali estava era onde os apreciadores, por sua vez, colocavam as colaborações, como forma de reconhecimento aos versos cantados e aos poemas declamados. Ao término da cantoria, os forrozeiros tocadores chegaram, o sanfoneiro com a sanfona de oito baixos, zabumba, triângulo e pandeiro; e o forró arrasta-pé assim se iniciou.

Os casais faziam poeira no salão. Ao som daquele forró pé de serra, dançavam sem parar. O suor escorria, molhando as roupas. Casais enamoravam, outros brigavam, e assim o forrozeiro cantava.

Que falta eu sinto de um bem
Que falta me faz um xodó
mas como eu não tenho ninguém
Eu levo a vida assim tão só

Dario circulava na festa. Algumas moças lhe foram apresentadas, mas o rapaz, educadamente, desconversava, preferia ficar quieto, sempre a observar. Nisso, seu olhar encontrou-se com o de Nobelina, que, sorriu, no momento em que estava sentada, massageando o pé, que Lula acabara de dar uma pisada enquanto dançavam, arrebentando sua sandália de salto. Lula ficara apavorado, vendo Nobelina descalça, por isso montara ao cavalo e fora correndo até sua casa buscar outra sandália para a mulher. Dario se aproximou da moça. Ficou deslumbrado com singela beleza. Seu coração disparou, não conseguia entender o que estava se passando naquele momento. Quase não conseguia falar, parecia até que nem tinha vivido as tantas experiências amorosas no Rio de Janeiro.

— Boa noite. Qual a tua graça?

Ela sorriu.

— Sou Nobelina, filha de seu Narciso e dona Guilhermina, a professora da cidade.

O rapaz não tirava os olhos da moça, e até se esqueceu que ela estava descalça segurando uma sandália arrebentada.

— Me dê o prazer de uma dança contigo?

Nobelina não soube bem como reagir. Retirou a outra sandália do pé e aceitou. Foi para a pista com o rapaz, descalça e dançaram várias músicas seguidas e, enquanto bailavam, também conversavam, divertiam-se, davam risadas. Nem lembrava dos pés no chão, nem dos outros ao redor.

Lula chegou com um par de sandálias nas mãos. Ficou parado, olhando. Parecia não acreditar no que via; sua mulher, dançando nos braços daquele homem que todos estavam a cobiçar. Sentiu no coração um frio que lhe desceu às pernas, na cabeça a certeza de que agora havia perdido o grande amor de sua vida para sempre. Os dois riam, e ela nem se deu conta da sua chegada. Ele soltou as sandálias num canto qualquer, perto dos tocadores e saiu meio escondido, enquanto pensava:

— Vou mesmo é dá uma cordinha a ela, pois mulher é assim, quando tá com a corda toda mostra se é boa ou ruim.

Pegou uma dose de cachaça. Tomou uma, duas, tomou três. Já estava encorajado. Voltou ao salão e começou a perceber na sua mulher, ali, dançando com outro homem, um sorriso e uma alegria que ele mesmo não via fazia tempo. Não aguentou esperar o tempo que previa para ver como aquilo ia acabar. Aproximou-se de Nobelina e, com uma voz meio enrolada, disse:

— Vamos embora, mulher. Eu tô com um sono danado.

Nobelina olhou para o marido e respondeu firmemente:

— Não. Não estou com sono ainda. Quero ficar mais. Se você quiser ir pra casa pode ir, eu vou depois.

— Se você não for comigo agora, nem precisa mais voltar pra casa, tá me entendendo? — Foi falando, e virando-se com muita naturalidade.

O povo todo olhava. Nobelina não se importou.

Lula seguiu para a casa, montado em seu cavalo, devagar, devagarinho, naquela madrugada, em meio àquele escuro e o verde das matas.

"— Tive que voltar sozinho,
Sozinho na madrugada;
E nessa noite, doutor,
A cama não tocou nada.

Mas não tem nada, seu moço.
Eu não vou lamentar, pois
Nobelina foi-se embora,
Eu arranjo outra depois;
Quem é forte não reclama,
Mesmo porque, minha cama,
Só sabe tocar com dois."

Poema original que deu
origem ao romance

Eu, a cama e Nobelina

(Zé Laurentino)

Seu moço vou lhe contar
uma estória pequenina,
história de um casamento
que tive com a Nobelina.

Nobelina, meu patrão,
morava parede e meia
no sítio donde eu morava;
não era lá muito feia,

Também não era bonita,
mas tinha o corpo roliço

e os óios da mulata
parecia ter feitiço.

O corpo de Nobelina
endoidava qualquer macho,
pois era fino no meio,
porém muito grosso embaixo;

A cintura da muié
era uma tentação,
parecia inté que tinha
sido feita com a mão.

Pra o nosso casamento
eu tinha feito o estudo,
a nossa casa pequena
mas tava pronta de tudo,
desde a cama, o principal,
ao troço mais miúdo.

Todo dia ao meio-dia
eu encostava a enxada,
mode feliz contemplar
nossa futura morada.
Em meio à mata serena,
a casinha era pequena,
mas tava bem arrumada.

Uns cinco ou seis tamboretes,
uma mesa, um petisqueiro,
uma banca, uma quartinha,
quengo, prato, candeeiro,
e um coração de Jesus
de olhinhos bem azuis
comprado no Juazeiro.

Eu oiava aqueles troços
Como quem assiste um drama,
pois tudo fica bonito
no tempo que a gente ama;
mas entre os troços, patrão,
um me prendia a atenção,
era a danada da cama.

Eita troço abençoado,
de qualquer uma invenção
que o homi fez até hoje,
gravador, televisão,
telefone e telegrama,
pois quem inventou a cama
pra' mim é o campeão.

Cama é o único objeto
que nunca causa acidente,
da queda de uma cama
nunca vi ninguém doente.

Cama é sempre uma cama,
seja ela fraca ou cara,
cama de couro de boi,
ou cama feita de vara.

Cama coberta de linho,
cama forrada de esteira,
a cama silenciosa
e a cama estaladeira.

Cama que guarda segredo,
por isso eu lhe quero bem,
porque ela assiste a tudo
sem dizer nada a ninguém.

Quando eu estou doente
a cama é quem me socorre;
na cama eu curo a ressaca
depois de um dia de porre,
e nela a ressaca vai-se;
É na cama que se nasce,
é na cama que se morre.

De toda música do mundo
eu lhe digo sem fofoca,
para mim a mais bonita
é a música que a cama toca.

Aquele seu rangidinho,
qual rangido de porteira,
faz a gente adormecer
nos braços da companheira.

Nem os baiões de Gonzaga,
nem o acordeom de Noca
toca música mais bonita
que a música que a cama toca.

Mas eu vou deixar a cama,
minha companheira fina,
pra' falar do casamento
que eu tive com a Nobelina.

Tudo pronto, tudo certo,
casei-me com a morena,
passado uns cinco ou seis meses
fomos a uma novena.

A novena era na casa
de seu Antônio Sibiu,
por motivo da chegada
de um seu filho Dario,
que há quatro ou cinco dias
tinha chegado do Rio.

Quando nós chegamos lá
já tinha gente demais,
a novena era do santo
mais veja o que o povo faz,

invez de falar do santo
só falava do rapaz.

Mas como ele tá gordo,
como ele chegou bonito,
era a conversa das moças,
mas achei esquisito
só porque a Nobelina
ao falar com o rapaz
segurou na sua mão
que quase não solta mais.

Eu fiz que não tava vendo,
fui beber no botequim;
dei uma cordinha a ela,
porque muié é assim,
quando tá com a corda toda
mostra se é boa ou ruim.

Equando eu voltei, seu moço,
já fui vendo o carioca
grudado com a Nobelina
e os dois numa fofoca,
que uma cachorrada daquela
só vi na casa de Noca.

A essa altura, patrão,
me deu sono pra' dormir,
fui convidar Nobelina,
porém ela não quis ir.

Tive que voltar sozinho,
sozinho na madrugada,
e nessa noite doutor,
a cama não tocou nada.

Mas não tem nada seu moço,
eu não vou lamentar, pois
Nobelina foi-se embora,
eu arranjo outra depois;
quem é forte não reclama,
mesmo porque minha cama
só sabe tocar com dois.

Este livro foi composto em Minion Pro
e impresso em papel pólen bold 90 g/m²,
em maio de 2025.

Impressão e Acabamento | Gráfica Viena
Todo papel desta obra possui certificação FSC® do fabricante.
Produzido conforme melhores práticas de gestão ambiental (ISO 14001)
www.graficaviena.com.br